新 潮 文 庫

羅城門に啼く

松 下 隆 一 著

新 潮 社 版

11774

羅城門に啼く

一

月明かりで刃《やいば》がぬれたように鈍く光っている。刀が泣いとる、とオレは思い、背中がゾクリとなった。ヤマの野郎も切先《きっさき》に細い目を寄せて、

「オレの見込んだ通りの、ええ刀や」と狙《ねら》った女でも見つけたように小さく舌なめずりをする。

「おおい、こいつ、まだ生きとるで」クマが向こうで頓狂《とんきょう》な声をあげた。

その名の通り毛むくじゃらの大きな野郎で、オレより年下のくせにおっさんのような野太い声をしている。

「アホ、声がでかい。さっさと始末せえ」ヤマが声を殺して言う。

クマのほうを見た時には、立て膝《ひざ》をついて刀子《とうす》を逆手に持ち、倒れた男の胸に二度三度と刃を突き立てていた。その濃い影が動くたびに、男のうめき声だか肉が切り裂かれる音だかわからないような音が聞こえ、たちまちあたりに血の匂《にお》いがたちこめる。

いつもなら一撃で仕留めるはずのクマが何度も刺している。よほどしぶとい奴《やつ》なのだ

ろう。

「おい、主人が来《こ》んうちにはよ行くで」血の匂いが苦手なオレは刀を鞘《さや》に収めて提げ、歩き出した。

ヤマも並んで歩き、後ろからクマも荒い息を吐きながらついて来る。オレたちは裸足《はだし》だが、それは足音をできるだけたてないようにするためだ。足の裏は草鞋《わらじ》ほどに固く、真冬になろうがしもやけにもあかぎれにもなりはしない。そもそもそんなヤワな体でこのクソみたいな世の中を渡ってはいけないのだ。

桜が散ったばかりだというのに、もう夏みたいな暑い日が続いている。なまぬるい夜風の中に青臭い葉の匂いを嗅《か》いだ。このところ雨が一滴も降らず、どこもかしこも乾き切っている。

「ほんまにこの刀が家に化けるんか?」クマがオレとヤマの間に頭を突っ込むようにして訊《き》いてくる。午間《ひるま》にクマがかじっていたニンニクと返り血の臭さがまざって鼻をつく。ヤマは顔をしかめ、クマの頭を力まかせに後ろへと押しやって、

「ほんまや。これだけの刀はめったにお目にかかれるもんやない。家の二軒や三軒分の値打ちがあるのは間違いない」と得意気に言う。

ヤマは不思議な男だった。なんでそんなことまでといったことを知っていて、押し

込みのやり方や逃げる方向なんかを狂いなく教えてくれる。瘦《や》せて狐《きつね》のような長い顔に切れ長の目で、女のような優しい声を出すが、やたらと人を殺《あや》めて楽しむところがあった。それはそれでオレにしてみれば別に何ということもないが、血の匂いだけは勘弁してくれと思う。

今日、刀を奪い取ることを言い出したのもヤマの野郎だ。東の市をぶらついている時に星空のように光る、漆に銀をあしらった鞘と柄《つか》の刀を佩《は》いた役人らしい男を目敏《めざと》く見つけた。後をつけて家をつきとめ、夜に出歩くところを待って襲い、奪おうという策を立てたのだが、ツイていた。というのもさっそくその晩、男は家を出て妾宅《しょうたく》と思える家に行き、夜中にひどく酔った足取りで出て来た。こうなればオレたち三人の力を合わせるまでもなく、クマ一人で事足りた。刀子で背中をひと突きして、あっさりと刀を奪った。そしてとどめを刺して殺した。いつもの押し込みよりもずっと楽で、ずっともうかるなんて、だから悪事はやめられない。

羅城門《らじょうもん》を抜けて西へと向かって歩く。羅城門は朽ちかかっていた。朱の色は汚らしく剝《は》げ落ち、屋根には穴が空き、柱はネズミがかじってボロボロになっている。「アホやなあ」とヤマも呆《あき》れていたが、こんなにでかい門をつくればいずれは雨風で腐り、夜ともなれば乞食《こじき》たちが群がってばらし、薪《まき》にするために奪って行くのは目に見えていた。見張りの役人も最初はいたそうだが、夜になると悪党たちに襲われそうで恐《こわ》いというのでやめたという。ほんまに役人の考えることはアホすぎて笑える。

都はクソだ。でもその都でないと、オレたちは生きてゆけない。都は飯の種で、黄金があふれ、女を抱ける。ただそれだけであって、他のなにものでもない。夏はクソ暑いし、冬はクソ寒いし、人がクソみたいにうじゃうじゃいる。好きか嫌いかと訊かれたら、どうだっていいと答えるしかない。

大路にも小路にも、年中むくろが転がっている。橋の下は乞食だらけだ。追いはぎや物取りは毎日どこかで起きている。検非違使《けびいし》だの放免《ほうめん》だのといった連中も、米や黄金をつかませればどうにでも転ぶ。

貴族の奴らは陽がてっぺんに上がる頃には働くのをやめて、屋敷でいいものを食って、遊び暮らしていると聞いた。貴族の子として生まれるか乞食の子として生まれるか、それこそ極楽と地獄ほどのちがいがある。

いや、オレなんぞはもっと下の生まれや。きっと死のうが生きようが、どうでもええような男と女がまぐわって、望まれないで生まれて橋の下に捨てられた。誰からも愛《め》でられず、気楽なひとりもので、早く死んだほうが口減らしになってええくらいや。

明日のことはわからない。わかりたいとも思わない。飯がなければ盗み、女を抱きたければ犯し、黄金が欲しければ押し込んで人を殺めることもいとわない。

こんなオレが生きてゆける都は、クソでしかないってわけや。ふん、何が都や。笑わせるで。

オレたちは洛外《らくがい》の森の中を切り拓《ひら》き、自分たちの手でつくった穴ぐらで暮らしていた。悪党は足がついたらおしまいだから、洛中にはなかなか住めない。でも今日奪い取ったこの刀を黄金か米に替え、それで家を買い、店でもはじめればオレたちもいっぱしの漢《おとこ》になれる。まわりの連中だって一目置くに決まっている。盗みや殺しをやめるつもりはさらさらない。なぜかって、いつかは出世して、貴族のような御殿に住み、人を奴婢《ぬひ》のようにこき使って、うまいものを腹一杯に食い、酒を飲み、気に入った女をとっかえひっかえ抱いて遊んで暮らす――それがオレたちの一番の望みというやつやからな。

東の空が白みはじめている。眠っていないせいか、頭が少しぼやけて、体も疲れている。オレたちはこれから穴ぐらに帰ってひと眠りする。刀を黄金や米に替えるにしても、ほとぼりがさめるまで待ったほうがいい、焦《あせ》ったらあかんとヤマは言う。何事も急《せ》いては失敗するというのがヤマの考えだった。憎々しいほどの落ち着きぶりだ。

夜が明け、赤紫の空に数え切れないほどの鴉《からす》が舞って鳴いてうるさい。行き場を失った蟻《あり》の群れみたいに舞う鴉は見なれているはずだったが、その日初めて見たような妙な気がして胸がざわつく。

穴ぐらとはいっても、オレたちがそう呼んでいるだけだった。実のところは竹でつくった骨組みに幾重にも藁《わら》をかぶせた、五、六人が寝られるほどの小屋だ。近くには小川が流れ、飯をつくる時はそこから水を汲《く》んできた。小屋の中には焚火《たきび》ができるように穴を掘り、石で囲った焚火場がある。陽の光に包まれても薄暗く、じめじめとしていて、ここにいると息が詰まりそうになる。

オレたちは穴ぐらに入ると、敷き詰めた藁の上に寝転んだ。オレは刀を抱いて横になる。疲れているはずだったが、なかなか寝つけない。冷えた土と藁のまざった匂い、藁の肌ざわりまでもがいつもとちがい、いよいよ気がくさくさしてきた。

ヤマはすぐに寝入ったが、いつもならすぐに高鼾《たかいびき》をかいているクマが深いため息をつき、暗闇《くらやみ》の中で響く。

「クマ、どないした。眠れんのか」

「さっき、しょうもない返り血浴びたさかい、気が立っとるだけや」

「あんななんべんも刺して、お前にしては珍しいやないか」

「あの野郎、子が五人あるさかい堪忍《かんにん》してくれ言うて、命乞《いのちご》いしやがって。うっとうしい」

そういうことやったんかと合点がいったが、クマの暗い口ぶりが胸のざわつきをさらにあおる。

ヤマの寝息を聞きながら、気を取り直そうとする――ヤマの言うように、焦ることはないのや。お宝の刀はオレの腕の中にあるわけやし、こうして三人いれば何とかなる。これまでもうまくやってきたし、これからもうまくいくはずや。

自分にそう言いきかせ、目を閉じた。突然クマが大声で何ごとかしゃべり出し、驚いて跳ね起きたが、寝言だとわかって胸をなでおろす。いつの間に寝入ったのかと思ったが、クマの寝言はよくあることで、いつものオレたちに戻った気がした。

それにしても、こいつらとこうして暮らしはじめてもう三年余りになるというのに、いまだに二人のことがよくわかっていない。いや、別にわかってなくても、やりたいことができればそれでよかった。オレたち三人はそれなりにこれまでうまくやってきた。齢《とし》もヤマとオレが十九でクマが十七と同じような年頃だったから、無用な気を遣うこともなく、好き勝手に言いたいことを言い合い、やりたいことを思うままにやってきた。生きていくために人を殺め、物を盗み、食いたいものや酒や女に替えてきた。

それ以上でもそれ以下でもない。それがオレたちの暮らしだ。

オレはまた横になる。表では鴉がしきりに鳴いている。その鳴き声がふいにやんで静まり返った時、「子が五人あるさかい堪忍してくれ言うて、命乞いしやがって」というクマの言葉を思い返し、胸がまたざわつく。やっぱり何だか今日はおかしい。ふと、昔のことを思い出す。思い出したところで何の意味もないはずだが、ひんやりした鋭い切先を喉《のど》もとに突きつけられたみたいに背中が冷たくなってしまう。

乳の甘い匂い——それがオレの頭の底に泥みたいに眠る、一番古い思い出だ。べっとりとはりついて、乾き切ってもこびりつき、決して離れようとはしない。オレの左目は焼きごてを押しつけられ、何も見えない。ただれて醜くひきつって、今でも皮膚が焼けた匂いを鼻の奥で感じることがあるけど、それよりも濃い、オレのすべてがそこに塗り込められたみたいに逃れようのない乳の匂いが、ずっと残っている。本当はそんなものに気持ちが動くのが嫌で忘れてしまいたいのだけど、それがどうしてもできない。

乳の匂いが甦《よみが》えると、施薬院《せやくいん》だの悲田院《ひでんいん》だのというクソみたいな場所を思い出す。物心ついた時には悲田院にいて、腹を空《す》かせていつも苛々《いらいら》していた。食いものといえば、せいぜい水でふやかした稗《ひえ》や粟《あわ》だけだった。

悲田院は、茅葺《かやぶ》きの大屋根の庇《ひさし》のぐるりをひと抱えもある丸柱が何本も支えている、だだっ広い大きな家だった。中に入ると叩《たた》いた土の上に板切れが敷き詰めて並べられ、何十人もの病人や乞食やジジイやガキどもがぎっしり大根みたいに詰め込まれていた。そこらじゅうにいつも魚の腐ったような臭気をまき散らし、死ねば裏に掘った大きな穴に捨てられ、すぐに新しい奴が入って来てという繰り返しだった。その光景は、まだ六つか七つだったオレの目に焼きついた。

面倒をみてくれる医者や養母や乳母といった女たちはまだましだったが、出入りの役人たちときたら、オレたちガキどもを犬や牛以下の畜生みたいにこき使った。いつも威張りくさって、目をつけた手伝いの女を手込めにするなんぞは毎日のようにやっていた。

名前すらなく、「クソガキ」だの「ごくつぶし」などと呼ばれた。考えてみれば、その頃から自分がこの世には必要のないクズだとわかった。飯を求めてほっつき歩く薄汚い痩せこけた犬を見るたびに、オレは、あの犬と同じか、それ以下の生きものだと感じた。

悲田院には五年ほどもいただろうか。まずい飯を食って寝てこき使われてという繰り返しで、うんざりとしているところにある日、変にニヤついた小太りの男がやって来た。役人にいくばくかの砂金を渡すとオレを買って、悲田院から連れ出した。それからまる一日かけて峠を二つばかり越えて、川のそばにある、木々を切り拓いて建てた大きな屋敷に着くと、目つきの悪い男に引き渡された。その時、小太りの男は役人に渡したよりずっと多い砂金を男からもらって、鼻唄《はなうた》まじりに去って行った。

ひと目では見渡せない大きなその屋敷は、ぐるりを大人の背丈の二人分ほどもある竹で組んだ高い塀で囲われ、ボロを着た男や女が、見渡すかぎり広がる裏手の田畑で立ち働いていた。手が遅かったり休めている者は、刀を腰に佩いた見張りの男たちによって、容赦なく鞭《むち》で打《ぶ》たれた。のどかに雲雀《ひばり》がさえずるまっ青な空の下、鞭で打たれる音や、男や女たちのうめき声があちこちから聞こえ、悪い予感しかしなかったのをおぼえている。

案の定、次の日から地獄がはじまった。夜が明ける前から叩き起こされ、川と屋敷との間を行ったり来たりして何杯もの水汲みをやらされた。それから掃除や洗濯、畑仕事の手伝いや、夜になれば女たちにまじって縄や草鞋を編んだり、繕い物をさせられた。少しでもなまけていると見張りの男が鞭をふるい、めちゃくちゃ体を打たれた。打たれたところはミミズ脹《ば》れになり、それが破れると膿《うみ》が出る。オレはその時、魚やネズミだけでなく、人も腐るのだと初めて知った。

早い話、オレは奴婢として売り飛ばされた。奴婢たちは「マムシ屋敷」とその家を呼んでいて、主人は二十人もの妾《めかけ》を持ち、マムシの生き血を飲んで百人もの子どもをつくったと言われていたが、その姿を見ることはなかった。ただマムシ狩りのためにときどき山中に行かされたから、その噂《うわさ》は本当だったのだろう。一度だけマムシに足を嚙《か》まれたが、どういうわけか高熱を出しただけで、数日で治ってしまった。

飯は日に二度、稗か粟の粥《かゆ》に漬け物が出るだけで、悲田院にいる時と変わらず腹を空かせていた。畑仕事の合間に見張りの目を盗んで蛙《かえる》をつかまえたり、罠《わな》を仕掛けて雀《すずめ》をつかまえ、羽をむしってそのまま食ったりする奴もいたが、そうでもしないとても生きていけなかっただろう。

オレがガキだったせいもあるが、女たちは優しかった。中には息子や娘と生き別れて連れて来られた女もいて、オレを抱きしめて泣いた。そんな時はうっとうしくて仕方がなかったが、こっそり飯を分けてくれたりしたのでがまんしていた。オレに名がまだないと知って、イチと名づけたのもその女だった。

マムシ屋敷で仲良くなったガキがいた。名をジンといった。色白で丸顔、モチのようにふっくらとした体つきをしていた。オレよりも三つばかり年かさだったが、やけに言葉遣いがていねいで、自分が摘んできたあけびや野いちごなどをくれた。今にして思えば食いものをくれたから、オレはそいつのことが好きになったのかもしれない。

夜は男の奴婢たちにまじって広い部屋で寝たが、オレとジンは毎晩隅っこで床を並べ、寝る前にいろんな話をした。

「イチは母様《かかさま》に会いとうはないか？」とジンに訊かれた。

オレは母親も父親もどんなものだか知らないから、「会いたないわ」と答えると、ジンは「まろは母様に会いたい」と言って啜《すす》り泣く。役人だった父親が死んで、人買いにだまされて母親とも生き別れ、無理矢理ここに連れて来られたという。オレはそういうウジウジメソメソしたのが大嫌いで、しょうもないなと思っていると、ジンは表に出て行った。

夜は勝手に表に出てはいけないことになっていた。外を出歩き、逃げようとした奴婢は見張りの男たちに引っ捕えられ、よってたかって斬《き》り刻まれた。そして翌朝には丸裸の無惨《むざん》なむくろが庭にさらされ、鴉の餌《えさ》になった。

だから、ジンも斬り殺されると思い、オレは引き止めようとついて行きかけたが、なぜだか見張りの男たちは見て見ぬふりをしていた。ジンは懐《ふところ》から漆塗りの紅《あか》と黒の竜笛《りゅうてき》を取り出し、涙ながらに吹きはじめる。その竜笛はジンが肌身離さず持っていたもので、途切れそうで途切れない、きれいなか細い音が静かな夜の闇に溶けていくようで思わず聴き惚《ほ》れてしまった。見張りの男たちの中には、涙を流している奴までいた。

そうやってときどき、ジンは寝床を抜け出しては竜笛を吹いていて、まわりの大人たちはその音が聴きたいがために赦《ゆる》していた。

ジンとはいろんな話をしたが、今となっては何を話したのか、ほとんど忘れてしまった。ただ一つだけ——真冬の、しんしんと雪が降り積もった晩にジンがいきいきと話したことは今でもおぼえている。どれだけ雪が高く積もっても、その下には土があって、土の中には草花の種があって、春になれば必ず芽吹くのだという。あの時のあいつの丸い目の輝き、何だってそんな話でうれしくなるのだろうと、オレは気持ちが悪くなった。

「イチ、まろはここを逃げようと思うとるのや」とジンからその計画を聞かされたのは、オレがマムシ屋敷に来て三年も経《た》った頃のことだ。

三年も経てばオレの背丈もかなり伸び、体つきは大人とさほど変わらないくらいになった。そこでの暮らしにも慣れて、少しがまんすれば何とか生きてゆけると思ったりしていた。殺されるよりはここのほうがましだと引き止めたが、ジンはどうしても母親を探しに行くと言ってきかなかった。

オレには、母親のことだけでジンがここから逃げようと言い出したのではないとわかっていた。いつ頃からかジンは毎晩のように見張りの親方に呼び出され、竜笛を酒盛りの場で吹かされている。女たちから、ジンは新入りの親方に気に入られておもちゃにされていると聞いた。オレも奴婢の女たちに誘われ、ときどきまぐわっていたので、何となく意味は察したが、男と男がどうやっているのか知らなかった。知っていたのは、それがジンにとってはたまらなく嫌だったってことだ。あいつにとっては毎日が地獄だったにちがいない。

「一緒に逃げよう」と誘われたが、オレは断った。

ならば、逃げるのを手伝ってくれとジンは言う。自分が親方に呼ばれる夜は酒盛りが行われ、見張りが手薄になっているから、その隙《すき》に屋敷のまわりを囲んだ竹の塀を少しずつ切って、這《は》って出られるほどの抜け穴をつくっておいて欲しいと言われ、どこで手に入れたのか歯の短い鋸《のこぎり》を渡された。見つかればオレの命が危ないと思い、どうするか迷ったが、あいつから涙ながらに頼まれ、酒盛りの時に出る麦飯や魚を分けてくれるというので引き受けた。

見張りの目が届きにくい場所を見つけて、見張りのいないわずかな間に、一本ずつ竹を切っていった。切っても竹は外さず、外から見てもわからないように細工をしておいた。

ジンは寝床に帰って来るたび、約束通り魚や麦飯を持ち帰ってくれた。オレが抜け穴の進み具合を話すとあいつはうれしそうな顔をして、母親と会うことができたら孝行をするのだと言った。孝行って何だと訊くと、一生懸命に働いて、親に楽をさせて、喜ばせることらしい。

「なんでそんなことをするのや」

「それが子のつとめやから。産んでくれた恩に報いるのや」ジンはうっとりと遠くを見るようにして言う。

小窓から射《さ》す月明かりが、あいつの丸い二つの目を輝かせている。オレはその光を見ながら、言い知れない苛立ちを感じた。

あいつは母親のありがたさを語って聞かせた。それだけでなく、死んだ父親がどれだけえらい役人だったかを自慢げに話し、また宙を眺めてうっとりとする……そうしたことが三日、四日、五日と続き、オレの苛立ちは憎しみへと変わっていった。母親だの父親だのといったものがどういうものか知らないのに、今こうして思い返してみても、なぜそんな気持ちになったのか、わからない。

竹を切りはじめて十日ほど経った頃、オレはジンに「穴、できたで」と伝えた。その時のあいつの顔は、それまでに見た中で一番の笑顔だった。あいつは次の酒盛りの時に逃げると話した。オレはその場所を教えて、あいつがくれた焼いたキジの足を頬張った。肉を嚙むと香ばしく、うまみのある肉汁が口の中いっぱいに広がり、ほんの少しうしろめたさを感じたことを、今でもはっきりおぼえている。いや、うしろめたかったからこそ、キジの肉の味をおぼえているのだろう。

いよいよジンが逃げるという晩、「ほんまに一緒に逃げへんのか」と念を押されたが、オレの気持ちは変わらなかった。見つかったら殺されるし、ここにいるかぎりは食いっぱぐれがないからだ。

ジンは逃げようとしたが、逃げられなかった。オレが教えた場所に抜け穴はなかったのだから。竹を外そうと必死に動かしているところを見張りに見つかり、親方の指図でその晩は牛小屋に叩き込まれた。いつもならその場で斬り殺されたが、親方にしてみれば慰み者をむざむざ殺したくはなかったのだろう。ところがその晩のうちに、あいつは小窓の格子《こうし》に帯を引っかけて首を吊《つ》って死んでしまった。

オレは別に何とも思わなかった。死んだと思っただけだ。これからもつらいめにあわされるなら、いっそ死んだほうがましだとジンは追い詰められた……せいぜいそんな風にオレは考えた。

ところがその後、オレがそそのかし、手引きをしたと親方に密告した奴がいた。庭で見張りの男たちに両手両足を押さえつけられ、赤黒く熱した焼きごてを左目に圧《お》し当てられた。目玉が溶けて消えた。オレは死ぬまで消えることのない、醜い火傷《やけど》を負わされた。その痛みに気を失い、三日三晩高熱を出してうなされたというが、今ではまるでおぼえていない。ただ、雨が降っていたことと、熱した焼きごてに落ちる雨粒の音、面《つら》の皮が焼ける匂いと煙の白い色だけが体に刻まれている。

目がさめて思ったのは、畜生以下の仕打ちを受けたということだ。ひょっとしたらジンの代わりにオレがこれから親方の慰み者になるかもしれない。そう思うと、その晩のうちに雨の降り続く中、例の抜け穴から抜け出て山中を走って逃げた。

飲まず食わずでボロ布のようになりながら、都の町中にたどり着いたが、道行く者は決まってオレの面を気味悪そうに見て、目をそらした。オレは水溜《みずた》まりに自分の面を映して見た。とたんに刀子で胸を突き刺されたみたいに動けなくなった。あまりにも醜い面だった。

その瞬間、激しい憎しみがこみあげてきた。それは親方やジンだけに向けたものではなかった。世の中すべてに対する憎しみだった。どうしてオレだけが、こんなめにあうのかと肚《はら》の底から激しい怒りが突き上げてきた。世の中のものをみんなめちゃくちゃにしてやりたくなった。

次の瞬間には目をそらす奴を殴りつけ、そいつの持っている麦を奪って逃げた。それが悪事のはじまりだった。拳《こぶし》は痛んだが、気持ちが晴れたし、腹も満たされた。それを毎日続けていると、声をかけてきた奴らがいた。ヤマとクマだった。ちょうど仲間を探しているところだったと言うヤマは「ええ面しとるやないか」と笑い飛ばし、この三、四年の間、一緒に盗みや殺しを繰り返して生きのびてきた。

この二人はジンみたいにウジウジメソメソはしない。あいつがうっとうしい雨空だとすれば、こいつらは雲一つない青空だ。お互いめんどくさい身の上話なんぞはしないし、孝行だとか恩に報いるだなんて説教くさいことも言わない。こいつらもオレと同じクズだと思った。

「この刀、黄金に替える前にいっぺん使《つこ》うてみたいんやけどな」刀を奪った翌朝、穴ぐらの中で抜き身をニンマリと眺めながらヤマが言った。

「人斬ってみたいんか?」表で麦飯を炊《た》いているクマが大きな声をあげた。頭の働きは鈍いクマだが、目と耳だけは人並み外れてよかった。

穴ぐらの中にも焚火場はあるが、煮炊きには大きな火が必要なので、その時は表で焚いていた。腹が空くとジッとしておれないクマが、いつも飯をつくってくれた。

「ふん、当たり前やないか。刀は人を斬るためにあるのやからな」ヤマは鼻で笑った。

「やめとけ。血の匂いがしたら値が落ちるど」オレが言うと、ヤマはまた一つ鼻で笑う。

「ええ刀はな、血の匂いなんか残らへんのや」

「嘘《うそ》つけ」

ヤマはニヤリとして抜き身を音もなく鞘に収めた。

「どや、いっそ悲田院の連中斬りまくったら」湯気のあがる鍋《なべ》を持ってクマが入って来て言った。

「無駄飯食うて役に立たん連中やもんな。片っ端から切り刻んでやろか」ヤマが木椀《もくわん》と箸《はし》を用意しながら何でもないように言ったが、オレは一瞬頭を殴られたように衝撃を受けた。

ヤマとクマにオレが悲田院にいたことは話してなかった。悲田院で育ったからといって、そこの連中を斬りまくることに抗《あらが》うつもりはない。ヤマの言う通りで、悲田院の連中を殺めても礼を言われるくらいだろう。頭を殴られた気がしたのは、乳の匂いがまた鮮やかに思い出されたからだ。そんなことに気持ちが動かされるのはたまらなく嫌だった。だから、「おもろいやないか。悲田院をやってまえ」と言おうとしたのだが、クマが「けど、悲田院には盗むもんがないしな」と粥のようにやわい麦飯をかきこんで食いながら言った。

「それもそうやな。ほな……オレが前から目をつけてた油商人の家でも狙おか」

「その家、でかいんか」

「うん、でかい。油商人ちうのはな、大山崎の元締めから認められんと商いができひんから、そうはおらん。数が少ないから黄金や米をぎょうさん持っとる」

「ええやないか」オレは飯に塩をかけて食いながら言った。悲田院の話から早く離れたかった。「けど見張りがけっこういるのとちゃうか」

「しょぼい奴ばっかしや。まあオレにまかせとけ。お前は手ぇ出さんと見とったらええ」オレの心を見透かすようにヤマが言う。

ヤマとはちがい、血が苦手なオレは今まで三人しか殺めていない。

一人目は旅人の男で、身なりがよく、着物をいただこうと思った。洛外の人気《ひとけ》のない夕暮れ時の道で、刃渡りの長い刀子で脅したが、逆に飛びかかって来たので胸を突いたら切先が背中を突き破ってしまった。こうなると着物は血で汚れ、裂けてしまって売りものにならない。オレは仕方なく、烏帽子《えぼし》と履物とわずかな銭を奪うしかなかった。

二人目は野菜売りのジイさんで、夜に押し込んで殴ったら倒れて動かなくなった。息をしていなかったから死んだのだろう。殴っただけで死んだということはいずれ近いうちに死んだにちがいない。

三人目は貴船《きふね》神社まで巫女《みこ》たちを手込めにしに行った時のことだ。年寄りの巫女が立ちはだかり、灯籠《とうろう》の灯りに映るオレの面を見ると「この醜い化け物、去《い》ね」とすごんだ。触れてはならないものに触れられ、そいつの髪を引っ張ると刀子で首筋を切って石段の上から転がしてやった。血を流しながら転がってゆく年寄りを見て気分が悪くなり、巫女たちには手をつけずに引き上げた。

そんなふうで、殺めるのはもっぱらヤマとクマにまかせていた。あいつらは血を見るのを好いている。その代わり、あいつらが殺めている間に、金品を探すのがオレの仕事になっていた。

オレたちはアホではない。こんな生き方が長く続くとは思ってやしない。捕まったら捕まったで、太く短くでええのやと自分に言って聞かせる。ヤマやクマだってきっとそう思っているにちがいない。クズにかてクズの生き方っていうものがあるはずや。

　悲田院やマムシ屋敷で数え切れないほどの死を見てきた。まるで蚊が叩きつぶされるみたいに人は簡単に死んでしまうことを、オレは知っている。思うことはひとつきりだ。どうせいつか人は死ぬのに、何だって必死に生きようとするのか。その答えは腹を満たして女を抱きたいからだろう。思いつくのは、その程度のことだ。だから、いつなんどき死のうがかまやしない。それまで好き勝手にやりたいようにやってやろうやないか。

　それにしても、昨日今日のオレはどうもおかしい。悲田院だの、マムシ屋敷だの、とうに忘れていたことを思い出している。死が近いのか。いや、それとはちがう。いずれにしても、これまで生きてきてよかったことなんかほとんどない。だから、死が近いとしても、どうとも思わないが、この落ち着かない気分はやり切れない。

二

翌朝早く、オレたちはまた洛中《らくちゅう》に入った。獲物の屋敷を下見するためだ。だが、羅城門を抜けてしばらく歩くと、道端に転がるむくろの数が多いことに気づいた。特に年寄りとガキが多く、点々とした紅《あか》いできものに覆《おお》われたその顔や手足は疱瘡《ほうそう》にちがいなかった。

悲田院《ひでんいん》にいる頃、一度流行《はや》ったのをおぼえている。隣の病人を入れる施薬院《せやくいん》の庭には疱瘡で死んだむくろが折り重なって積まれ、それを動ける患者たちが洛外へと運び出して鴉《からす》の餌《えさ》にしていた。オレはうつらなかったが、同じ齢《とし》くらいのガキがおもしろいように死んでいった。

疱瘡のむくろは触ればうつると言われ、道端に放っておかれる。それを役人に雇われた乞食《こじき》らしいボロを着た男たちが洛外へ運んではいるが、おっつかず、辻々《つじつじ》に捨てて山積みにしていた。

「疱瘡やな」ヤマが言った。「まだまだむくろが増えるで」

「どないする。穴ぐらに戻ったほうが、ええのとちがうか」クマがおびえた声をあげる。

「アホ、こういう時こそ稼ぎ時や。検非違使《けびいし》も放免《ほうめん》も疱瘡を怖《おそ》れておとなしくしとるさかいな」

「なら早《はよ》うしたほうがええ。こっちもうつったら、おしまいやで」オレが言うと、

「わかっとる」とヤマは不機嫌そうに答えた。「今晩押し込んで、しばらくは穴ぐら暮らしや」

なまぬるい風の中に濃い死臭がする。突然その死臭を引き裂くような女の泣き叫ぶ声が響き渡る。見れば、母親らしい女が軒下でぐったりとしたガキのむくろを抱きしめて泣いていた。

母親の気持ちがわからなかった。またジンを思い出した。あいつは毎晩のように、母親のありがたさを語って聞かせた。オレは泣き叫んでいる母親を殴ってやりたくなった。たかがガキが一人死んだくらいでアホかと思ったが、「まろは母様《かかさま》に会いたい」と言ったジンの言葉を思い出す。そいつらにとっては一大事なのやろうとも思ったが、やっぱりオレにはわからない。

オレとクマはヤマに連れられ、狙《ねら》いをさだめた三条大路壬生《みぶ》にある油商人の屋敷の

前を通りかかった。その屋敷は立派な門構えで、塀で囲われた貴族の御殿風の大仰なつくりだった。塀の向こうには立派な梅の木の枝が見える。

「どうや。なかなか豪勢なもんやろう」歩きながらヤマが囁《ささや》く。

ヤマの話では、ここに住んでいるのは主人とその妻、娘が一人だけで、門番と使用人、見張りを含めてもせいぜい七、八人だろうという。

門番は二人いたが脇《わき》で座り込み、無駄話をして間抜け面《づら》で笑っている。大した奴《やつ》らではないとひと目でわかった。いや、たとえ門番が強そうな奴らであっても、オレたちは突っ込んで行っただろう。死と隣り合わせは昔から慣れている。

下見を終えたオレたちはいったん穴ぐらへと戻り、飯を食って腹ごしらえをした。

「あそこをやるのやな」クマが大根粥《だいこんがゆ》をかき込んで他人事《ひとごと》のように言う。

「うん、やる」ヤマがニヤリとする。

オレは黙って聞いて、粥を啜《すす》っている。いつもそんな調子だった。あとは夜になれば押し込むだけだ。

飯の後、夜にそなえてオレたちは午寝《ひるね》した。オレはなかなか寝つけなかった。やっぱり何かがおかしい。今晩はやめたほうがいいのではないかと思ったが、胸が騒ぐだけではやめる理由にはならない。ヤマとクマに言っても、笑い飛ばされるにちがいない。気のせいだと自分に言い聞かせ、オレは寝入った。

夜になり、人々が寝静まって朱雀《すざく》大路にも人影がなくなった頃、オレたちは油商人の屋敷の裏手へとまわった。いつものようにクマが塀に両手をつき、オレがその肩に乗り、それを足場にしてヤマが塀を乗り越えた。そして向こう側から縄が投げられ、それをつかんでまずオレが乗り越え、ヤマと二人で縄を引っ張り、重いクマを乗り越えさせる。いつも通りの手筈《てはず》だ。

どこにも灯りはなく、オレたちは闇《やみ》の中から屋敷の奥に進んだ。何度か押し込みを働くうち、人の寝ている場所が勘でわかるようになった。そのほうへと近づいて行くと、寝息が聞こえてくる。あとはそいつらを殺し、食いものや金品など、いただけるものはいただく。

その晩も人の気配を感じた部屋に入ると、暗がりの中、主人らしい男とその妻が寝ていた。香が薫《た》かれ、あたりは梅の花のようないい香りに満ちている。それを嗅《か》ぐとオレはこの屋敷の何もかもをめちゃくちゃにしてやりたくなった。ヤマは二人を蹴飛《けと》ばして起こすと、例の刀で主人を斬《き》り、そのひと太刀で動かなくなった。

「これは正《まさ》しく名刀」とヤマは満足そうに呟《つぶや》いた。

続けて妻も斬ろうとしたが、クマが止めて手込めにしようとした。だが妻は激しく抗《あらが》い、クマの手を咬《か》んで廊下へと逃げた。オレが素早く妻を追ってその腕をつかんだ。その時、数人の足音が近づいて来た。「曲者《くせもの》」「斬り捨てい」と怒号が飛び交い、次々に刀を抜く音が聞こえた。何やこいつらはと思って懐《ふところ》から刀子《とうす》を抜いた。そこへヤマとクマも来て、オレたちは暗がりの中でそいつらと斬り結んだ。

耳のすぐそばを刃《やいば》が風を切って走る。その素早い刀さばきに護衛で雇われた奴らではないかと思った。「そういう奴らは相手にしたらあかん」と以前、ヤマが話していた。

必死に刃をかわし、闇雲に刀子を振り回した。と、突き出した刀子に肉を貫く重い手応《てごた》えを感じた。女のうめき声が聞こえる。妻を刺していた。深々と刺さった刀子は抜けず、そのままにしてヤマやクマと一緒に廊下を走って逃げた。

オレたちの前に突然、男と女の影が飛び出して来た。男はオレを突き飛ばして逃げた。女も逃げようとしたが、ヤマが斬り下げた。弾《はじ》ける小さな音がして、オレの頬に生あたたかなものが当たった。次の瞬間、「ギャーッ」と暗闇を真っ二つに切り裂くような若い女の鋭い悲鳴が響き渡った。

オレたちは女の悲鳴を聞きながら、裏手へと向かって駆け出した。来た時と同じようにオレとクマを踏み台にしてヤマが素早く塀を乗り越えて行ったが、縄が投げ返されて来ない。

「ヤマ、はよ縄投げんかい」たまらずクマが叫んだが、縄は飛んで来ない。

塀から駆け足で立ち去る音がした。しばらくして「おったぞ」「捕まえい」という声とともに「クソ」と言うヤマのうめき声が遠くから聞こえてきた。こちら側にもたくさんの足音が近づいて来る。

オレはとっさにクマの背中から思い切り飛び跳ねて塀の上にのぼった。駆けて来た連中にクマが取り囲まれ、殴られ蹴られ、連れて行かれるのが見えた。塀の外に目を移すと、こっちでは捕まったヤマが引きずられて行くのが見える。

オレは息を殺して塀の上で動かず、あたりに人気《ひとけ》がなくなってから飛び下り、乾いて固い地面を蹴って、夜道を夢中で走り続けた。

目がさめると、オレは大木の根に身をあずけていた。陽はもう高く、枝葉の影を地面にクッキリと落としている。まわりに人影はなく、ここがどこだかわからない。長い夢を見ていたように頭がぼやけていた。だがすぐに昨夜起きたことが次々に頭に浮かんできて、苦い薬を飲まされたように思わず顔をゆがめる。今までにない手強《てごわ》い奴らだった。

ヤマとクマはどうなったのやろう。いや、そんなことは考えるまでもなく、放免か検非違使に突き出されているに決まっている。拷問《ごうもん》を受け、これまでの悪事を白状させられる。頭が鈍いクマのことだから、役人に訊《き》かれるままに白状するだろう。そうなればオレの身も危ない。片目の焼きつぶれたこの面なら、見つけるのにそう時はからないだろう。洛外よりもずっと外に逃げるのが一番だ。

昨日は穴ぐらに帰ろうとして、その途中で疲れ果ててここで眠ってしまったらしい。ひとまず穴ぐらに戻るのもええかと思ったが、クマが穴ぐらのことまでしゃべっていたら捕まってしまう。とにかくここを離れようと歩き出した。

木の葉が舞い、しきりに鳥が鳴いている。その鳴き声は聞いたこともなくて気味が悪い。

足を止め、右の手を見る。暗い赤色をした生乾きの血が、手の甲にべっとりとついている。さっきからかすかに嫌な匂《にお》いがしていたのはこのせいか。ああ、とオレはため息をもらす。昨夜主人の妻をこの手で刺し殺していた。刀子が抜けないほど深く突いたから、命が助かっているはずはないなとぼんやりと思う。殺しを見ることは何とも思わないが、こびりついた血に虫酸《むしず》が走る。何度も着物で拭《ふ》いたが、血の色は薄まるだけで消えない。

　きつい風が吹いてきて、あたりの木々を鳴らす。その音に我に返り、ふんとひとつ鼻で笑った。

　今はどれだけ人を殺《あや》めようが、お上《かみ》に命をとられることはなく、盗みなら指を切り落とされるか、人を殺めても島に流されるくらいだとヤマから聞かされていた。死罪はあかんというのは、恐れ多くもお上が決めたことなのやと、つまり、人を殺めたところで自分の命で埋め合わせをしなくてもいいってこと。悪党にとっては、生きやすい世の中だった。

　気を取り直してまた歩き出した。腹のあたりに何か変な物がある。懐に手を入れると、指先がやわらかいものに触れた。つかみ出して見ると、一瞬水を浴びたみたいになった。人の耳だった。ゆうべヤマが斬り落とした女の耳にちがいない。オレの頬に当たったものが、懐の中に入ったのだろうか。

　しばらく、その耳を見つめていた。血の通わない、白い耳だった。大人のそれよりひとまわり小さい。女が憐《あわ》れだとも、ひどいことをしたとも思わない。ただ懐に片耳があるのは気色が悪い。オレは草むらに耳を投げ捨てた。

　男たちが三人、向こうから歩いて来る。そいつらの鋭い目つきに、その筋の連中だと思い、案の定、そいつらはオレの前で足を止めた。

「お前、イチという者やな」三人の中でも身なりがいい、がっしりとした大柄な男が野太い声で言う。

言い逃れても仕方がないと思ったが、認めるのも間抜けな気がして黙っていた。

「ふん、その面では隠れようもないぞ。おい、縛って連れて行け」大柄の男が命じると、他の男二人が「へ」と言ってオレの両腕を乱暴に後ろへとまわし、縄できつく縛り上げた。

連れて行かれた先は、洛中にある放免の屋敷だった。白い小石を敷き詰めた広い庭に座らされ、「おとなしゅうしとくんやぞ」と大柄の男から言われた。陽の光が地面にはね返ってやたらと眩《まぶ》しかった。目の前には縁があり、部屋の奥に龍虎《りゅうこ》の墨絵を描いた襖《ふすま》が見える。

にわかに騒ぐ声が聞こえ、縛られたクマが三人の手下たちに引っ張られて、オレの隣に座らされた。

「イチ、お前もおれを見捨てて逃げやがったな」とクマは唾《つば》を飛ばしながら怒り狂っていたが、オレは相手にしないで前を見ていた。

「こら、静かにせえ。これから放免どののお裁きやぞ」手下の一人がクマの背中を二度三度と鞭《むち》で打った。クマは唸《うな》り声をあげた。

襖が開くと、放免らしき男と一緒にヤマが出て来て縁に座った。ヤマはすました顔でオレとクマのほうを見下ろしている。

「あいつらにまちがいないか?」白髪まじりの髭《ひげ》をぼうぼうに生やした放免がヤマに尋ねた。

「は、まちがいございません。確かにこの二人に誘われ、油売りの屋敷に押し入りましたが、われは見張りをしておっただけでございます」指を差してヤマが言う。

「ならばお前は人を殺めてはおらぬのやな」

「は。さようでございます」

「アホ、何言うてるのや、お前が主《あるじ》を斬り殺したんやないか」クマが身をよじってわめいた。

「黙れ」

クマはまた鞭で打たれた。敷き詰めた白い小石に真っ赤な血が飛んだ。オレはここで何を言っても無駄だろうと観念した。実際に主の妻を殺めたのだし、逃げられない以上はなるようにしかならない。

「お前ら、運が悪かったな」放免が髭をしごきながらニヤついて言う。「昨夜は主の娘を見初《みそ》めた地下人《じげびと》どのが来ておってな、貢《みつ》ぎ物を運ぶというので護衛で手練《てだれ》たちを連れて来ておられたのや」

　それを今さら聞かされても、そうやったんかと思うだけだ。

　ヤマと目が合った。ヤマは顔色ひとつ変えないで知らん顔をしている。さすがはヤマの野郎やと感心して笑ってしまった。例の刀で放免と取り引きをしたにちがいない。刀をやるかわりに見逃してくれと。悪知恵の働くヤマの思いつきそうなことだ。放免にしても、もとはといえばオレたちと同じ罪人なのだから金品で簡単に転ぶ。

「よし、この者らを河原へ連れて行って首を刎《は》ねい」放免は立ち上がった。「それからこいつは鞭で打って洛外に放り出せ」と言うなりヤマの背中を蹴り飛ばした。「二度と都には戻って来るな」

　ヤマは庭に転げ落ちたが、「ありがたきことにございます」と頭を下げた。

「死罪はあかんとお上が決めてたんとちがうんか？」オレは思わず叫んでいた。

「島流しは面倒やさかいな。お前らみたいなクズは手っ取り早う首刎ねたほうがええのや」

　放免は見下すように笑い、襖の奥へと消えて行った。

　ヤマは手下の一人に腕を取られて連れて行かれた。あいつは一瞬、オレの顔を嘲《あざけ》るように見た。オレは憎しみと殺意をおぼえたが、何も言えなかった。クマは口汚くお上とヤマを罵《のの》り続けて、「静かにせえ」と手下にまた打たれている。クマにしてみれば納得できないのは当然だろうが、こうなってしまえば観念するしかない。

オレとクマは七、八人の放免の手下たちに取り囲まれ、河原に向かって四条大路を歩かされた。一番後ろからついて来る手下は肩に大きな斧《おの》を担《かつ》いでいる。クマはずっとわめいて罵っていたが、オレはもう覚悟を決めていた。

「クマ、もうわめくなよ。どの道、助からへんのや」

「クソ。イチ、お前、何をやってもお上は首を刎ねん言うたやないか」クマの声がふるえている。

「うるさい。勝手に口をきくな」大柄の男が言った。「これまで幾人もの人様の命を奪《うば》うておいて、てめえの命が無事でおられると思うのか」

それを聞いてクマはうなだれた。何事も表があれば裏がある。確かに人を殺めておいて命をとられないとなれば、殺められた者が浮かばれまい。

手下たちの中には口笛を吹いている奴もいた。後ろのほうが騒がしくなり、振り向いて見れば、いつの間にかぞろぞろと二十人ほどの町衆たちがついて来ている。

四条河原に着くと、オレとクマは鴨川《かもがわ》を背にして、並んで正座させられた。石ころが臑《すね》に当たって痛い。川下から冷たい風が始終吹きつけ、川縁に生える草を揺らしていた。人は四、五十人に増えていて、オレたちの斬首《ざんしゅ》を待ちわびている。囁く声が聞こえ、中には笑っている奴もいる。逆の立場ならオレだって笑いものにしていただろう。

大柄の男が目配せし、手下の男たちは手拭《てぬぐ》いでオレたちの目をふさぎ、猿轡《さるぐつわ》をした。何も見えなくなるといよいよ死に近づいた気がして、背筋が冷たくなる。必死に抗うクマのうめき声が聞こえていたが、ほどなく鈍い音を残してその声が止まった。見物人の間から女の短い悲鳴があがった。

濃い血の匂いが鼻をつく。指を切り落した時の匂いの比ではない。泣きわめこうが暴れようが今さらどうにもできない。悪事の限りをつくしてきた当然の報いだと思うしかない。わずか二十年足らずの人生だったが、ふつうの奴らよりもいろんなことをしてきたから、悔やむこともない。誰だっていつか必ず死ぬのだから、その時が来たというだけの話だ。

突然首根っこを乱暴につかまれ、力ずくで頭を前に突き出される。首をつかむ手は冷たく、固かった。鼻先に地面があり、石だか土だかの熱を感じる。誰かがすぐそばに立った。きっと斧を持った男にちがいない。もうあと十も数え切らないうちにオレの首は石ころの上に転がるだろう。その様を思い浮かべながら動かないで待っていた。

大柄の男が誰かと話す声が聞こえる。相手は男で、落ち着き払った低い声——肚《はら》の底から響くような、風にのってどこまでも遠くへと運ばれてゆくような、不思議な声をしていた。

「お前のようなクソ坊主《ぼうず》に止められる筋合いはない。われらは放免どのに命じられてやっておるのだ」

「それは承知しました。ですが、この者は焼きごてを当てられたとおぼしき顔の火傷《やけど》痕《あと》から見て、どこかのお大尽の屋敷で使われている奴婢《ぬひ》でしょう。無闇に殺めると後々お大尽との間で面倒なことになりますぞ」

「面倒も何もこいつは何度も盗みをはたらき人を殺めた。もはや奴婢でなく悪党や。放ってはおけん」

「ならば獄につないでおけばよろしい。人を殺めた罪人でも、殺生《せっしょう》はならぬとお上よりきつくお触れが出ておるはず」

「われらは役人やない。せやから何をしようが勝手や」

「はて、それは面妖《めんよう》な。先ほど放免どのに命じられたと申したではないか。放免どのは検非違使庁で働く者。その命とあれば役人の意思も同然やないか」

「ええいうるさい。おい、この坊主を追い出せ」

「なむあみだぶつ！」

　響き渡る声にあたりが静まり返り、思わずオレは息を飲んだ。

「これは大尉《たいじょう》どのも承知の裁きか」いちだんと男の声が低くなった。

「大尉どの？　大尉どのなどかかわりのないことや。こんなクズみたいな連中は獄につないで飯を食わせるのももったいないさかいな、さっさと首を刎ねたほうが世のためや」

「ふむ、では首を刎ねるがよろしい。その代わり、吾《われ》はこの足で大尉である坂氏どののもとへと出向き、あなた方の所業をお伝えし、お上がさだめた法に照らして正しいかどうか、お尋ねするものとしよう」

「ま、待たれい。大尉どのを知ってるんか」

「知っていたならどうするのや」

「偽りならお前を引っ捕えるぞ」

「ならば、引っ捕えてもらいまひょか。その上でそなたが大尉どのに確かめればええ」

　大柄の男は答えず黙り込んだ。

「さあ、どないするのや」男が急き立《せ》てる。

「……好きにせえ。おい、引き上げるで」

ぞろぞろと足音が遠ざかってゆく。

「もう悪さをするのやないで」男は耳元で言って、オレの目隠しと猿轡を外した。

目の前に男の顔があった。小さな顔だった。きれいに剃《そ》り上げて青々とした頭に濃く太い短い眉《まゆ》、大きな目に頬がげっそりと痩《こ》け、まだ若いようで年寄りのようなおかしな顔つきをしている。ひどく厳しい表情にも穏やかな表情のどちらにも見える。

着ているものはといえば、すり切れて薄汚れたほころびだらけの、灰色の単衣《ひとえ》をまとっている。いや、それは布ではなく藁紙《わらがみ》でできていて、乞食《こじき》でも着ないようなボロの着物だった。足もとを見れば今にも鼻緒の切れそうな粗末な草鞋《わらじ》を履いて、むき出しになった臑は骨に皮がくっついているようで、むしったような短い毛が生え、しかもすり傷だらけだ。何日も体を洗っていないのだろう、強烈な汗臭さを放っている。

いったい、こいつは何もんやと思った。袈裟《けさ》を着てないから坊主には見えないのに、オレはひと目見てこいつがまぎれもなく坊主だと思い込んでいる。

男は腰にぶらさげた布を地面に広げ、クマの首を包んでオレに差し出した。

「さ、お前はこれを持って来るのや」

そう言うと、首から上のないクマの体を何のためらいもなく背負い、歩きはじめた。

地面についたクマの両足を引きずりながら歩く男の姿は奇妙でしかない。骨が肉の塊を背負っているようで、それを見ているオレは、大きな石で頭を殴られ体中がしびれたみたいになっている。冷めていた血が一気に煮えたぎったように熱くなった。

「これ、何をしておる。さっさとついて来なはれ」男は小さな頭をねじり、こちらを見て言った。

オレは言われるままにクマの頭の包みを抱え、男の後をついて行った。すると、見物人たちもなぜだか後をついて来る。「あれが上人《しょうにん》さまや」「ありがたいことや」と見物人たちの中から声があがった。

クマの頭は思いのほかずっしりと重かった。最初に感じたほんのりとしたあたたかさは、だんだんとなくなり、冷たくなっていく。冷たくなるほどに首が重く感じられた。

「なむあみだぶつ、なむあみだぶつ」

先を行く男は節をつけて唱え続けている。その言葉を聞きながら歩いているうちに、命拾いしたという安堵《あんど》と喜びがわいてくる。と同時に言い知れないおそろしさに襲われた。クマの生首はおそろしく、首を刎ねられる寸前だったこともおそろしかった。

オレはそのおそろしさから逃れたい一心で、飼いならされた獣みたいに、その男についてきしたがって歩いて行く。

クマを背負っていたから、当然のことだが男はよたよたと歩いていた。オレに体を運ばせて、自分は頭を運んだほうがよほど楽なのに、この男はそうしない。

「体の方、持ってやろか」と途中で声をかけてみたが、男は振り向きもせず、「なむあみだぶつ」と唱えながら歩き続けた。

クマのむくろが運ばれたのは西の市近くにある、まばらに草のはえたずいぶんと広い場所だった。西の市には何度も来てはいたが、こんなところがあるとは知らなかった。そこには数え切れないほど多くの、文字の書かれた細長い板が突き立てられ、墓場となっていた。まだ新しい墓は土が盛り上がり、その前で幾人かの者が手を合わせている。

男がクマのむくろを下ろし、素手で墓穴を掘りはじめると、ついて来た者たちもそれにならい、そのうちの一人が鋤《すき》を持って来た。

「ぼやっとしてないで、お前も掘らんか」男がオレに言った。

クマの頭を置いて、素手で穴を掘るのを手伝った。案外やわらかな土だった。マムシ屋敷にいた頃のことを思い出す。オレは何度も墓穴を掘らされた。あそこでは十日に一人は人が死んでいた。死臭を消すのは土のほかないと、その時初めて知った。

オレはジンの墓穴も掘った。あいつが首を吊《つ》って死んで、見つかったその日、他の奴婢と一緒に、畑の横にある墓地にあいつを埋めた。その時、あいつが大切にしていた漆塗りの竜笛《りゅうてき》をその手に持たせてやった。オレの目の前から早く消えていなくなれと願いながら、ジンの白い顔に土をかけていった。

クマの墓穴を掘りながら、自分もこのように埋められていたのかもしれないと考え、恐怖とともに自分の心と体が洗われてゆくような感じもした。冷えた土を掘り返すたび、一枚一枚汚い皮が剝《は》がされてゆくようでもあった。

男は掘っている間もずっと「なむあみだぶつ」と繰り返し唱えている。他の奴らもぶつぶつ同じように「なむあみだぶつ」と口々に唱えていた。

クマのむくろは胴と頭をくっつけて静かに穴の中に置かれた。すっかり血がぬけて、ひとまわりほど小さくなって見えたが、こいつもまちがいなく生きていたんだと思った。

男は傍にあった竹筒を取り、栓を抜いて、クマのむくろに黒くてどろどろとしたものをかけた。それは油だった。男が続いて火をつけると、濃い灰色の煙があがり、何ともいえない匂いがそこらじゅうに立ちこめた。

「ほんまはな、油は使わへんのや。もったいないよってな」オレの耳もとで誰かが言ったが、そのほうは見なかった。「けど、この罪人は大きいさかい、上人さまは焼いてくださったのや」

大きいから油で焼くという理由がわからなかったが、「焼いてくださった」という言葉に背中がうずいた。

「なむあみだぶつ、なむあみだぶつ」男は一心に唱え続けている。その声は煙とともに天に向かって上ってゆく。オレだけがちがう生きものみたいに、黙ってむくろが焼かれてゆくのを見ている。

むくろが焼かれるのを見るのは初めてだった。炎で肉が溶けていき、骨が残る。草鞋や鍋《なべ》みたいな物と同じで、むくろの数は疱瘡で増えることを思えば、こうして小さくしておいたほうが場所をとらないでいいのかもしれない。

焼き尽すと土がかぶせられ、細長い板きれが一本、突き立てられた。男が懐の矢立から筆を取り、その板にすらすらと何かを書いた。オレは、文字が読めないし、何が書いてあるのか知りたいとも思わなかった。

男が「なむあみだぶつ」と長々と唱えているうちに、決まりごとのように一人去り二人去り、みんなが去ってしまい、男とオレだけがそこに残った。とうに陽が暮れ、空は赤から濃い紫に変わり、暗くなりはじめている。むくろを焼いた匂いがあたりにまだ漂い、それを嗅ぎながらクマのことを考えていた。

わずかな間でも寝起きをともにして、クマとは笑いながら飯を食ったこともあった。言い争ったこともあったが、何をめぐってのことだったか思い出せなかった。だが、オレもこいつも所詮《しょせん》は盗《ぬす》っ人《と》で人殺しのクズやったのやという、そんな虚《むな》しい気持ちだけが残った。

ほんのついさっきまでクマは生きていて、わめき散らして抗っていた。それが今は骨になってしまっている。オレにはそれが信じられなかった。

「あの野郎、子が五人あるさかい堪忍《かんにん》してくれ言うて、命乞《いのちご》いしやがって」とクマが一昨日《おととい》話していたことを思い出す。なぜだかオレは、命乞いしたそいつをクマが手にかけなければ、首も刎ねられなかったのやないかという、おかしな思いにとらわれた。このオレは昨日の夜、女を殺めたのに首を刎ねられなかった。いや、刎ねられるはずだったのに、寸前のところで助けられた。その不思議を想《おも》った。

男を見た。その風体は坊主ではないのに、確かに坊主にしか見えない。オレの知る坊主は悲田院でもそうだったが、誰もが偉そうにしていた。皺《しわ》ひとつないきれいな袈裟を着て、香の匂いをたて、どこかで聞きかじってきたことで説教したり、切り売りしたりして金品にかえている鼻持ちならない連中だった。

目の前にいるのは、そんな坊主らしさのかけらもなく、それどころかみっともない姿を惜しげもなくさらして、ありのままにそこに立っていた。こいつのそばにいるとめちゃくちゃ臭いし、すぐにでも離れたいのに、でも離れられない。釘《くぎ》づけにされてしまうような気を放っている。

男はまだ手を合わせて「なむあみだぶつ」を唱えている。河原からむくろをここに運んでいる時からずっと「なむあみだぶつ」だ。この男がだんだんとおそろしくなってきた。

わずかに欠けた月が浮かび、暗い雲が動いている。冷たい風に鳥肌が立つ。男の「なむあみだぶつ」の声がようやく止《や》んだ。あたりは静寂に包まれ、オレは胸のうちの鼓動を感じた。ふいに踵《きびす》を返す音がして、見れば男が素早く去ろうとしている。

「おい」オレは思わず声をかけた。

男は振り返ったが、その顔は暗くて見えなかった。この男に訊きたいことがあった。

「オレがお大尽の屋敷におったとなんで知ってたんや」

はなから何もかも見通していたような男の口ぶりが気になっていた。

男は少しの間オレを見つめていたが、何も答えずに歩き出した。オレは慌《あわ》ててその後を追った。男に見捨てられそうになると、死のおそろしさがふたたび肚の底からこみ上げてくる。男が来るのがあと少しでも遅ければ、オレの首は間違いなく飛んでいた。悔いはないと開き直っても、もし死んでいればと思うとやはりおそろしい。一人では耐え切れないほどのおそろしさから、この男について行こうとしている。

男は駆けているかと思うほど、足の運びが早い。オレはついて行くのが精一杯だ。月明かりに男の白んだ背中がわずかに浮かんで、それを見逃すまいとオレは必死について行く。

クマの首が刎ねられた時の鈍い声が耳の奥で甦《よみが》える。斬られる寸前に喉《のど》の奥から搾《しぼ》り出したクマの叫びだった。その声に急き立てられるように足を早めた。男の背中は遠ざかっても、近づくことはない。

「なむあみだぶつ、なむあみだぶつ」

オレもいつの間にか唱えていた。

「なむあみだぶつ、なむあみだぶつ」

続けていると、頭と体がだんだんと空っぽになっていくようで、おそろしさがかすかに薄れた。「なむあみだぶつ」で埋め尽くせば、何も考えず、何も思わないで済むのか。オレにはとてつもない救いに思えた。

「なむあみだぶつ、なむあみだぶつ」

はっきりと声にしながら、オレは暗闇の中で男の背中を必死に追っていた。

三

男は空也上人《くうやしょうにん》と呼ばれていた。男が自分で名乗ったわけではないらしい。噂《うわさ》で聞いた。オレは命拾いした日以来、ずっと上人のそばにいる。他の取り巻きのように上人を敬っているからではない。いつまた放免の手下に捕まるかもしれない。ひとつにはそのおそろしさから逃れたかったからだ。上人のそばにいれば、放免の手下は手を出せないだろう。上人は人にまとわりつかれるのを煙たがった。一人で動いて、何でも一人ではじめて、まわりで見ている者が勝手に上人の真似《まね》をしていた。

ある日、上人は悲田院《ひでんいん》の前の地面を鋤《すき》でひと突きし、一人で「なむあみだぶつ」と唱えながら掘り進めていった。途中からオレやそれを見ていた人たちも手伝い、水が湧《わ》き出て井戸になるのを上人は見届けもしないで、黙って立ち去った。

小路をつくるのも、橋をつくるのもそんな調子で、その合間に乞食《こつじき》をして、東の市や西の市で行き交う人の前に立ち、家をまわって稗《ひえ》や粟《あわ》、麦、時には米や銭の施しを受けた。時には罵《ののし》られ、門前払いは当たり前で、中には罵声《ばせい》を浴びせ、殴りつける者もいた。そんな時でも、上人は怒りもせず平然としていた。脅し取ったほうが簡単なのにアホちゃうかと呆《あき》れた。オレはこんなこと死んでもやりたくないと思う。

そうして集めた食べ物は道端や橋の下にたむろしている乞食《こじき》や病人に惜しげもなく与えてしまう。自分はわずかに一日一食、白湯《さゆ》だか粥《かゆ》だかわからぬものを啜《すす》り、たまにそのへんに生えた草を引き抜いて食べている。

上人は道端でむくろを見つけると墓場へと運んだ。疱瘡《ほうそう》のむくろも何のためらいもなく背負って運び、墓穴を掘って弔った。さすがにそれを真似しようという者は他にはおらず、むくろの数は日に日に増え、上人は大きな墓穴を掘り、重ねて置いて油で焼いた。

オレはそんな上人に食わせてもらっている。一日わずかだが、稗や粟を恵んでもらっていた。だから上人と同じようにしようと思ったが、できない。それはもう泣きたくなるほどの苦しさだ。水のように薄い粥一杯を啜り、苦くて反吐《へど》が出そうな雑草を食って一日を済ませ、土を掘り、岩や木を運ぶ。しかも家はなく、上人は眠くなった場所が寝床ときているから、泥の上だろうが石の上だろうが、そこで寝た。それを二、三日真似てはみたが、とてもやってられなかった。こんなことなら獄につながれているほうがよっぽどまだましだと思った。

ひと月ほどそんな生活を続けるうちに、とうとう熱を出して起き上がれなくなってしまった。疱瘡にかかったのかとおびえたが、できものはなく、ただ疲れ果てていただけだった。

墓場の片隅にうずくまって、雲ひとつない夏の青空を見上げながら、もうやめようと思った。

とてもやないが、こんなアホなことやってられへん。やっぱり上人は頭のおかしなおっさんや。あんなのについていてたら命がなんぼあっても足りひん。

そんなことをつらつら考えていると、上人がどこからか木椀《もくわん》になみなみとよそった米の粥を持って来た。甘い米の香りに体が勝手に動いて起き上がり、木椀に鼻を突っ込んで粥を貪《むさぼ》り食った。塩のきいた米が体の中で熱くなってゆくのをはっきりと感じ、力がわいてきた。

オレが食い終わると、上人は厳しい顔つきで、

「その粥いっぱいで二人や三人の命が救えた。お前のような怠け者になんぞ二度と食わせんからおぼえとけ。一粒の粟でも稗でも米でも、何百何千と噛《か》みしめてみなはれ。有り難さが身に沁《し》みて感謝の念しかなくなるはずや。感謝や有り難みのわからん者を吾《われ》のそばに置いておくわけにはいかん。さっさとここから立ち去れ」とオレの目を見

て話した。

うっとうしかったが言い返せなかった。そっぽを向くのが精一杯で、横目で上人を追ったが、もうそこに上人はおらず、乞食《こつじき》をするために歩き出していた。

さらにひと月ほど経《た》つと、体も慣れてきて、上人には及ばないものの、しっかり働けるようになった。でも、ただ慣れただけで、オレのいろんな欲が消えたわけではない。それどころかうまいものを食って大酒を飲み、女を抱きたいという欲は体をこき使っていたから日ごとに募り、いつ爆発してもおかしくなかった。ある晩、河原の草の上で寝る前に、上人に思い切ってそのことを話してみた。

「ほんなら好いたおなごでもこしらえて、添い遂げるがええ」横になりながら、何でもないように上人は言う。

このおっさんはアホかと思った。

「この醜い面《つら》を好くおなごが、どこにおるというのや」

「醜い面? ああ、世の中は広いよってな、お前の面を好くおなごが必ずあらわれるはずや。安心せえ」

「そんなん嘘《うそ》や」オレは思わず言った。

「嘘やない。吾は嘘は言わん。お前はその面で得をしておるのやぞ」

「アホなこと言わんといてくれ」

「何がアホなことや。お前の心根を好いてくれるおなごはおる。それがわかるのも、お前の面だからこそやないか。ちがうか？」

オレは言い返すことができなかった。だが、堪《こら》えきれず、

「そういうことやない。オレは今すぐにでもおなごが抱きたいんや」と訴えた。

「さよか。ほな、どこぞでおなごを抱いてきなはれ」

「え、ええのんですか」

「お前はまだ若いよって、無理もない。けど、力ずくはあかんで」

「はあ……あの、上人どのは、そういうのは、どないしてはるんですか」

「そういうのとは何のことや」

「おなごが欲しくなるやろ」

「吾は欲しくなることはない。欲しいというのは虚《むな》しい。地位でも物でも銭でも、手に入れたら守ろうとするやろ。それにもっと欲しくなる。これが悪の根本というものや。人は捨てるにかぎる。捨てたら執着がきれいになくなって、こんなに楽なことはない」そう言うと上人は横になって眠りはじめる。

おっさんは何をまたアホなことを言うとるのやと思った。そんなことできるわけがないやろ。

「ああ、そうや」突然上人が起きて言う。「おなごを抱くのはええが、これからも吾にまとわりついて乞食のおこぼれにありつきたいのやったら、洛中《らくちゅう》で行き倒れて死んどるむくろを、そうやなあ、今は疱瘡であふれ返っとるさかい、百ほど拾うて、弔うてもらおか。それくらいしてもらわんと釣り合いが取れんさかいな」

「え、百?」

「そうや。それが嫌なら吾のそばにおることはまかりならん。おこぼれもやらん」言うなり上人はまた横になった。

おっさん、どういうつもりや、無茶やと思ったが、上人が言うと無茶でない気もする。このところ上人は一日中行き倒れた者を施薬院《せやくいん》へと運び、むくろは墓場へと運んで自らが墓穴を掘って弔い、供養《くよう》している。むくろだけで十や二十は運んでいるだろう。それを苦しそうにでもなく、汗まみれになりながらも涼しい顔でやっている。このおっさんはどう考えてもおかしいと思わずにはいられなかった。もちろんそれは、誰かに頼まれたわけでも、銭になるわけでもない。

それに比べてこのオレは、乞者《こつしゃ》のおこぼれにありつくためにそれをやるのかと思うと情けない気もしたが、上人の言うように百人も弔えば、堂々と飯をもらって女を抱いてもええはずやと開き直った。もちろん疱瘡にかかるおそれはあったが、上人がかからないなら、オレもかからないはずだと強引に言いきかせた。それにこの面や。むくろを運ぶのにはお似合いやないか。

あくる日、夜が明けぬうちから起きたが、すでに上人はいなかった。とにかくむくろを探すのやと思い、ほうぼうを歩きまわった。それはさほどむずかしいことではなかった。役人に雇われた乞食たちも、オレがむくろを運んでいるのを知ると、むくろをゆずってくれたりもした。あいつらにしても、同じ食い扶持《ぶち》ならできるだけ働きたくはないのにちがいない。

ところが敵は意外なところにいた。オレの行く先々に上人がいて、むくろを拾って運んで行く。どこからか上人があらわれ、五人見つけたとすればそのうちの三人は持って行かれる。しかも上人は瘦《や》せた年寄りとガキなら、両肩に担《かつ》いで二ついっぺんに運ぶ。嫌がらせにもほどがあると思った。

ひとつのむくろも見つけられず、飯を食うために墓場に戻ると、上人がそこにいて、数人の奴《やつ》らと一緒に大きな墓穴の中へ、むくろを五つほども入れて、油をかけて火を放った。オレは何だか無性に腹が立ってきた。こんな調子では百のむくろを集めるのに年を越してしまうやないかと思った。上人は最初からできもしないと踏んで百と言ったのだろう。

「上人どのに嫌がらせをされるとは思いもよらなんだ」と弔いを終えた上人をにらみつけて言ってやった。

上人はそれには答えず、オレのほうを見向きもしないで、「なむあみだぶつ、なむあみだぶつ」と唱えながら歩いて行ってしまう。それなら意地でも百のむくろを運んでやろうと思い、毎日歩きまわりかき集めた。しまいにはオレがむくろか、むくろがオレかわからないほどになって、照りつける夏の日の下を汗まみれになってかけずりまわった。

このところ夕立すら降らない日照りが続いていた。東西の市を歩いてみても、米や麦はおろか、稗や粟、野菜さえも目に見えて売られている数が少なくなっている。疱瘡の上に飢饉《ききん》までが迫ってきていると、洛中では噂されていた。

実のところ、疱瘡だけでなく、飢えて死んだ者を多く目にするようになった。むくろを探し求めて拾って運ぶ日々を送っていると、心がしぼんでゆき、いちいち何も思わなくなっていく。

運んだむくろの数が多くなってくると数え切れなくなり、墓場の空いた場所に小石を並べて置いていった。二十を過ぎ、三十ほどの数になると、その小石の一つ一つがむくろに見えてきた。ふと、おかしなことにも気づいた。飯をもらって女を抱くのに、何だってこんな苦労をしないといかんのやろうということだ。

昔みたいに食いものは脅し取り、女は力ずくでものにすればいい。それが一番簡単で手っ取り早いのに、何でオレは百ものむくろを運ぼうとしているのか。アホらしくなってやめてしまおうとも思うのだけど、なぜだかやめられない。腹立たしいことに、上人の言う通りにしなければと思う。いくら考えてもアホらしいと思ったが、いらんことは考えないで、百ものむくろを集めるため、ひたすら歩きまわった。

その日は、いつになくむくろの数が少なかった。その理由はわかっていた。洛中の見まわりを控えていた検非違使《けびいし》や放免《ほうめん》たちが直々に手下を引き連れて、そこらじゅうのむくろを片づけていた。勝手に道端や橋の下に捨てようとしている者があれば、容赦なく取り押さえ、縛り上げた。

一つのむくろもその日は見つけられなかった。三条大橋の下でようやくジイさんのむくろに出くわした時には、もう陽が暮れかかっていた。いや、出くわした時、まだ死んでなくて、死にかけていた。石ころだらけの河原に寝ていたジイさんのまわりには四、五人の乞食がいて、みな、その時が来るのを待っていた。

ぼうぼうに伸びた白髪を束ねることなく、白い髭《ひげ》が瘦せこけた面を埋め尽くすように生え、目も鼻も口も小さくしぼんでいる。すり切れた着物は大きくはだけ、あばら骨が浮いて波打ち、腹のあたりが鉢のようにへこんでいた。小便だか糞《くそ》だかの入り雑じった強烈な臭気が鼻をつく。

まわりの連中は手を合わせて、身を乗り出してジイさんの様子を見ている。その肌に夕陽が射《さ》して淡い赤に染まってゆく。ふいに短く息を吸って吐き、声を喉《のど》から絞り出したかと思うと、ジイさんの体が反り返った。両手が宙に上がり、何かをつかむ仕草を二度三度繰り返し、血走った目を見開いて空をにらんだ。何か言いたいのか口を開けたが、歯のない口から出てきたのはわずかな白い泡だけで、声にならなかった。そのうち、ゆっくりと目を閉じて、突然両手が下に落ち、反っていた体がゆっくりと沈んでいった。

死んだ、と思ったとたん、まわりの連中がジイさんの着物や帯、草鞋《わらじ》を奪い合った。そのあさましく醜い様に止める気にもならなかった。連中が去った後には棒切れのようなジイさんの体が無惨《むざん》に夕陽に照らされている。しなびた一物《いちもつ》と白い陰毛を見て、こんなふうに死にとうないなと、オレは思わずため息をもらした。

ジイさんを背負って歩き出す。驚いたのは、その岩のような重さだ。見た目は枯れ木と同じなのに、なんでこんなに重いのか。ジイさんの骨張った尻《しり》を支えるオレの手は、むくろと同じくらいに冷えて、歩くたびにジイさんの小さな頭が右に左に揺れてかすかな死臭を嗅《か》いだ。

そろそろ墓場に着く頃にはすっかり夜になり、探るように道を歩くしかなかった。墓場では小さな炎があがっている。近づいて行くと、焚火《たきび》のそばに上人が立ち、手を合わせて「なむあみだぶつ」を唱えている。ジイさんを地面に下ろした。焚火の炎に照らされたむくろは、いっそうしぼんで見えて、これならそれほど掘らなくてもいいと思った。

上人はオレに黙って鋤を渡した。オレは掘り進める。上人は「なむあみだぶつ」を唱え続けた。「なむあみだぶつ」に何の意味があるのかと思った。誰かが「念仏や」と言っていたが、念仏が何なのかわからない。

墓穴はすぐに掘れた。ジイさんを抱え上げ、そっと穴の中に入れる。その時、上人にちゃんと話しておかないといけないような心持ちになって、ジイさんが死ぬまで待っていたという話をした。上人は黙って聞きながら、ジイさんを見つめていた。

「ではお前は、ご老人が息を引き取るまで待っていたというんか」と呟《つぶや》いた。

「もう死にかけやったから」

上人は目を閉じる。焚火の炎に浮かぶその面には怒りの表情が見て取れた。この頃のオレは上人の気持ちが何とはなしに読み取れるようになっていた。確かに上人が怒るのは無理もない。オレもジイさんが死ぬのを待っていたことにうしろめたさを感じていた。だからこそ、上人に話したのだ。

「たとえこの老人が虫の息であったとしても、救える命かもしれぬと、お前は一瞬たりとも考えはしなかったのか」話し方は静かだが、その言葉はいつにも増して厳しい。

そんな考えはみじんも浮かばなかったから、首を横に振った。すると上人は両膝《りょうひざ》をついてジイさんのむくろの上に土をかぶせはじめた。オレも同じように両膝をついて土をかぶせていった。そして盛土に板きれを突き立て、上人は矢立から筆を取ってその板に文字を書いた。

午間《ひるま》の熱気が嘘のように、冷えた風が墓場を吹き抜ける。上人は膝をついたまま動かないで板を見ている。オレも何ともしようもなく、同じように膝をついて見ていた。

「人が死ぬのを待っていたのだな」

オレを咎《とが》めているのは明らかだ。オレは口答えをしたくなった。

「いくつもむくろを運んでたら、こんなことかてあるわい。ジイさんひとりのことでいちゃもんつけられたら、やってられんわ」

上人は立ち上がった。憐《あわ》れむような目でオレを見下ろす。

「ええかイチよ、人ひとりには生まれてからの歳月がある。血を分けた身内との暮らしがある。それを思え。それを思って、なむあみだぶつと唱えよ」

「オレは坊主《ぼうず》やないから、そんなもん無理や」

「坊主もクソもない。人として命に思いを馳《は》せて、成仏《じょうぶつ》を願うのや」上人は墓場の闇《やみ》の隅々にまで響き渡る声で言い放ち、去って行った。

オレは立ち上がった。見渡すかぎりの墓場に、一人取り残された。始終冷たい風にさらされ、背筋が寒くなった。焚火の炎はいちだんと小さくなり、さっきまであったぬくもりがきれいに消えてしまっている。盗みはおろか、人を殺《あや》めたことのあるこのオレが、一発殴れば砕け散るような、乞食《こじき》坊主の言葉にうろたえている。

薪《まき》が大きく爆《は》ぜて、目がさめる。変わりゆく自分に、いや、変えさせられる自分におびえ、抗《あらが》っている。嫌なら立ち去れば済むのに、とどまろうとしている。自分で自分がわからなくなってしまって、頭の中がどうにもまとまらない。

上人の悲し気な言葉の響き、ジイさんの岩のような重み、それがかわるがわる押し寄せて来る。その中でオレは負けまいとして必死に耐えている。盗みも人を殺めてきたのも、オレには生きのびる手段だった。オレを生かすためには誰かがいけにえにならないといけなかった。それを思えばジイさんひとりの死を待つことの何がいけないのか。上人を見返してやらなあかん。やっぱりおっさんはまちごうとる。飯を食らうため、女とまぐわうため、むくろを弔うなんぞはやめて、ひたすら欲におぼれてやる。こんな面にされてしもうて、どうせ一度は死んだも同じ命や。死ぬ気になったら何でもできる。

オレはむくろを運ぶごとに並べた小石置き場に行き、めちゃくちゃに蹴散《けち》らした。小石は四方に飛び散り、ひとつ残らずなくなり、暗い乾いた地面に戻った。オレはその場に寝転がり、夜空を見上げた。その空いっぱいに黄金のような星が出ている。あの中の一つでも手に入れられたら、屋敷と大金を手に入れられるだろう。そうなればむくろなんぞ運ばなくて済むのにと思った。

上人と一緒にいるのは食いっぱぐれないからや。せいぜい上人を利用するだけのことや。何が「なむあみだぶつ」や。きれいごとばっかり言いやがって。所詮《しょせん》は物乞いのクソ坊主やないか。

そんなことをつらつらと思ううちに、無性にさびしい心持ちになってくる。すでに焚火は消えて、自分の息遣いと、地虫の小さな声だけが聞こえている。もうヤマもクマもいない。オレはひとりきりだった。夜が明けて死んでいても、誰も何とも思わないだろう。いや、どうせ死ぬのなら、山の中でひっそりと死んで、鴉《からす》の餌《えさ》にでもなるのがええ。まちがっても上人に弔って欲しくはない。死んでしまってから何かをしてもらっても何の得にもならんやないか……でも、それが本心かと問うオレがいて、素直にうなずけない自分がいる。

オレは起き上がり、蹴散らした小石を集めてまた並べていった。叱《しか》られたガキみたいだった。

頭が生きると死ぬの間を往《ゆ》き来《き》している。疲れ果て、何も考えたくなくなってきた。地虫の声もやみ、おそろしく静かな闇の中で、オレは数え切れないほどのむくろに囲まれている。並べ終わるとまた横になって眠りについた。

四

何も考えないでむくろを運び続けたが、夏の盛りになると、疱瘡《ほうそう》や飢え死にだけでなく、暑さで死ぬ者まで出て来た。むくろとひとくくりに言っても、いろいろある。重いのや軽いの、やわらかいのや固いの、でかいのや小さいの、女や男や年寄り、ガキ……それでもあの何ともいえない死臭というやつは、濃い薄いはあってもどれもこれも似ていた。

そいつらを毎日おぶって墓場まで運び、できるだけたくさん集めて、穴を掘って放り込み、油をかけて燃やした。油は貴重だったが、噂《うわさ》では上人《しょうにん》が貴族に掛け合って手に入れているらしく、切らすことはなかった。

上人が帝《みかど》の落とし子だという噂も聞いたが、あんなボロを着て、毎日乞食《こつじき》をして地べたを這《は》いずりまわっているような男だから、とても信じられない。それでも、これだけ多くの油は貴族に近い者でもないかぎり手に入らないはずで、上人がただもんでないことは確かにちがいない。

あの晩から上人とは言葉を交わしていない。オレは気まずくて避けていたが、弔いをしている時、上人がオレを見ていることがあった。目が合うと上人は視線をそらした。

上人のまわりにはオレが近づけないほどに取り巻きが増えていった。弟子を名乗る者まで次々にあらわれ、いずれも賢そうで、オレのような傷のある悪党面《あくとうづら》はいなかった。

墓場でときどき上人が弟子たちと語らうのを見て、オレは苛立《いらだ》ち、「なむあみだぶつ、なむあみだぶつ」とやけくそのように念仏を唱えていた。心に隙《すき》があると、そこに怒りや苦しみや迷いが忍び込んで来る。その隙間をなくそうとして「なむあみだぶつ」と唱えた。

むくろを運ぶためにあんまりにも歩き通しなので、足の裏には大きなマメができ、それがつぶれて血まみれになり、強烈に痛んだ。ふつうに歩いているぶんには裸足《はだし》でも何でもなかったが、むくろを担《かつ》ぐと、どうしても重みでマメができる。上人は草鞋《わらじ》を履いていた。オレは上人に勝ったような気分でがまんして裸足で通している。

上人の取り巻きの中にゴンジというおっさんがいた。小柄だがよく通る声の草鞋売りの行商人で、しきりに「タダでやるから履け」と草鞋をすすめてくれるのだが、オレは断っていた。

ゴンジはオレが上人と同じように野宿をしていると知って感心していたが、

「けどなあ、まだ夏場はええが、冬はつらいし、あんたはやめたほうがええで。ふつうのもんはまちがいなく寒さで死ぬよってな」と笑って言うゴンジの面は、小振りの茄子《なす》のようで、どこか憎めない。

ゴンジの話では、上人は真冬でも今と同じボロの単衣《ひとえ》一枚で、どこでも寝るという。都の冬は底冷えがして、時に立っているのも痛いほど凍《い》てつく。もちろん野宿などすれば、ゴンジの言う通りふつうの者なら死ぬ。

「ふん、アホなおっさんやな」思わず言うと、ゴンジはあたりの人目を気にしてオレの袖《そで》を引き、墓場の隅に連れて行った。

「ええか。上人さまの悪口を言うと天罰がくだるぞ。あのお方はな、化け狐《ぎつね》からもあがめられておられるのやぞ」

「何やねん、それ」

問うとゴンジは上人にまつわる、ある話をはじめた。

「大内裏《だいだいり》のな、南に神泉苑《しんせんえん》という広い広い庭があるのやが、その北門のところに重い病でいつ死んでもおかしくないバアさんが住み着いていたのや。それを見かけた上人さまが憐《あわ》れんで、気の毒に思われてな、精のつく魚や肉を毎日朝晩に届けて見舞われておったそうな。そのうちバアさんの病も治ってすっかりようなったんやが、恥ずかしそうに、上人に頼みごとがあると言うのやな」そこでゴンジは話をとめて、息をついて間《ま》を持たせる。

「頼みごとって何やったんや」

「さあそれや。バアさんは上人さまとまぐわいたいと頼んだのやな。そうしたら上人さまは少しの間考え込んでいらっしゃった……」またそこで話を止める。

オレは先が知りたくて焦《じ》れた。

「で、上人はどないしたんや」

「『やってもええ』と答えられたのや」

「えっ、やったんか」

「アホ、話は最後までちゃんと聞け。それを聞いたバアさんは驚いて感心してな、『われはこの神泉苑に棲《す》みついた狐やが、そなたはまことの聖《ひじり》や』と言うなり煙のように消えてしもうたそうや……これはな、相手が誰であれ何であれ、惜しみなくどんなものでも与えるという、空也上人さまがあがめられる所以《ゆえん》なんや」

ゴンジは大真面目《おおまじめ》な面をしている。こんなくだらないほら話を信じているのかと思い、つい笑ってしまった。

「何がおかしい」

「おめでたい奴《やつ》やで」オレはその場を離れた。

ふと、さっきの話は本当かもしれないという考えが頭をかすめる。上人には底知れない力がある。いや、オレが上人を買いかぶっているだけだと思い直し、小石を一つ蹴《け》り飛ばした。


疱瘡の勢いは日ごとに増しているようだ。オレが運んでいるむくろも、年を越すどころか、このぶんだと冬になる前には百の数に届きそうだった。噂では、お上が憂《うれ》えてあちこちから名のある僧や祈禱師《きとうし》を集めて、読経《どきょう》や祈禱をさせて邪気を払っているという。オレはアホかと鼻で笑った。そんな閑《ひま》があるのやったら、むくろの一つでも運んで弔ったほうがマシやないか。

墓場には無数の板の卒塔婆《そとば》が針の山のようにびっしりと立っている。最近では家族や縁者がすべて死んで住む者のいなくなった家を取り壊し、その板きれを卒塔婆にしていた。その一つ一つに上人が何かしらの文字を書き、取り巻きたちは感心していた。しかし何が書いてあるのかと訊《き》いても誰もわからず、そんな奴らがアホに見えて仕方がない。

　上人とは相変わらず口をきかなかったが、墓穴掘りは手伝ってくれ、食べ物も黙って差し出してくれた。その間にも上人は貴族や商人たちに寄進を募り、その銭で病人や乞食《こじき》たちに飯を食べさせ、あげくに東の市の囚獄《ひとや》につながれた囚人たちを慰めるために、石づくりの大きな塔婆《とうば》まで立てたと聞いた。そんなことをしていったい何になるのかと考えてみたが、さっぱりわからない。上人は人としての根っこがちがうとしか思えなかった。

　五十人目のむくろを運んで弔った後、小石を置いてひと息ついて休んでいるとゴンジが寄って来て、まるで自分が立てたかのように石塔婆の自慢話をはじめた。

「囚人たちは上人さまが塔婆に書かれた、ありがたいお言葉を読んでな、むせび泣いたという話や」うっとりとして言うゴンジの面は気味が悪い。

「なんて書いてあったんや」どうせ何が書いてあるかわからないのだろうと思って訊くと、ゴンジは待っていたかのようなしたり顔で、

「『ひとたびも、なむあみだぶつというひとの、はちすのうえにのぼらぬはなし』や。これはな、どんな極悪非道の悪人でも、『なむあみだぶつ』と唱えたら、極楽浄土で生まれ変われるという、ありがたいお言葉や」

「物を盗み、人を殺《あや》めた悪人でも、極楽浄土で生まれ変われるんか」

「そういうことや」

「そしたらこの世でどんなに悪いことしても救われるいうことなんやな」

「そうや」

「百人千人殺めてもか」

「そんな奴はおらんやろ」

「もしおったらどうする。それでも極楽浄土に行けるんか」

「『なむあみだぶつ』と唱えたら行けると、上人さまはおっしゃっておられる」

「そんなアホなことあるはずない」オレは吐き捨てると、次のむくろを求めてその場を離れた。

始終吹いている熱い風の中に土や草の匂《にお》いを嗅《か》ぎながら、それでもオレは愉快な気持ちになっていた。千人殺めても極楽浄土に行けるのなら、オレのしでかした盗みや殺しなど取るに足りないことやないか。

「もし、そこの人」

突然声をかけられて振り向くと、小太りの女が立っていた。皺《しわ》だらけのくせに娘のように紅を塗って桃色の小袖を着ている。

「お前さん、毎日、仏さんを運んでおるお人やろう」

「そうや」

「ひとり頼みたいんどすけど」

「どこにおるのや」

「こっちどす」

　オレは女の後をついて行った。女は大きな家の裏門から中に入ると、裏庭に立っている小さな物置小屋を指差した。

「さ、この中におりますよって」

　戸を開けて薄暗い中に入ると、とたんに息苦しくなるほどの熱気に包まれた。その熱気の中で、小柄な娘がひとり藁《わら》の上に横たわっている。唐紅《からくれない》一色の小袖を着て、黒い帯を締め、ひと目で身を売っている遊女《あそびめ》とわかる風体をしていた。

「まだ十四、五やいうのに、かわいそうなことしたんどすけど」

「疱瘡で死んだんか」

「それがようわからしまへんのどっせ。十日ほど前から熱を出しましてな。そのまま下がらんで、今朝、冷とうなってしもうて……親兄弟も、身寄りもないさかい、放免《ほうめん》に連れて来られた子どしたけどな。育ちがええというので、わりとええごひいき筋についてもろうたんどすけど……もったいないことどしてな」

女の話を聞きながら、娘を背負うために抱き起こそうとし、前髪がだらんと下がった時、思わず手を止めた。あるはずの娘の左耳がない。でこぼことした皮膚に暗い小さな穴が一つ空いているだけだった。茫然《ぼうぜん》と見ていると、女は訊いてもいないのに、

「その耳どすけど、何でも家に押し入って来た盗っ人《ぬすっと》に刀で斬《き》り落とされた言うて……その時、ふた親も殺されたいう話どす」

「それで身売りするはめになったんか」

「そうどす。油商人の金持ちの娘やったんどすけど、どこまでもかわいそうなおなごどすなあ」女の言葉には娘を憐《あわ》れむ気持ちが感じられない。

「この女の名は」

「ここではキクと呼んどりましたが、さあて、ほんまの名かどうかわからしまへん」

オレはキクという娘をおぶって立ち上がった。驚くほど小さくて軽い体だった。まだほんのりとぬくもりが感じられ、それがかえってオレの心をかき乱す。小屋を出ると庭で雀《すずめ》たちが遊んでいる。やり切れない気持ちになって、ああそうか、こんな時こそ「なむあみだぶつ」やなと思い、「なむあみだぶつ」を唱えて歩き続けた。

墓場には誰もいなかった。熱風に巻き上がる砂埃《すなぼこり》がたくさんの卒塔婆を見え隠れさ

せている。この娘なら小さいし、すぐに墓穴を掘れるだろうと思い、キクを寝かせ、鋤《すき》を取って墓穴を掘りはじめた。

陽は翳《かげ》っていたが、熱風はやまなかった。何匹もの蟬《せみ》の声が遠くに聞こえる。見上げると空一面を覆《おお》いつくすような白い雲がゆっくりと動いている。時おり雲の隙間から陽が覗《のぞ》くと、オレの短い影がくっきりと地面に映った。顔や体中から汗が吹き出し、着物が肌に張りついた。鋤を土に突き入れるたび、むせ返るような濃い土の匂《にお》いがたった。

「なむあみだぶつ、なむあみだぶつ」できるだけキクのほうを見ないようにして、念仏を唱え、掘り続けた。

ほどなく墓穴ができて、キクを抱え上げ、そっとその穴の中に寝かせてやった。

「なむあみだぶつ、なむあみだぶつ」

念仏を途切れさせるとオレの頭が妙なことを考えそうで、おそろしい気がする。

「なむあみだぶつ、なむあみだぶつ」

墓穴の縁に座り込み、両手で土をすくい、キクの足先から土をかけていった。熱く乾いた土だった。足から胸へ、そして白くなった顔にもかぶせようとした時、ほんのわずかだが目もとが動いた。思わずすくった土を投げ捨てて飛び退《の》いた。キクの顔を見つめながらそっと近づき、掌《てのひら》をその口もとに翳《かざ》してみた。小さな吐息を感じ、生きとると叫ぶように思い、あわてて墓穴からキクの体を引っ張り出した。

「おい……おい……目えさませ」

キクの体を揺すると、うっすらと目を開けてオレを見た。

「生きてんのやな」

だがキクはまた目を閉じ、今にも死にそうな感じでぐったりとなってしまった。その様にオレが死を待ったジイさんと重なり、上人に咎《とが》められたことを思い出した。気づけばキクを背負って走っていた。施薬院《せやくいん》に向かった。思い出したくもない、ろくでもない場所だったが、地位も銭もない者が病になって頼るべきところはそこしかなかった。キクを死なせてはいけない。なぜか、そう思い、夢中で走った。

「なむあみだぶつ、なむあみだぶつ」

念仏をわけもわからず唱えながら走り、施薬院にたどり着いた。悲田院《ひでんいん》のそばにあって、オレがいた頃も病になるとそこに連れて行かれ、医者に診てもらったものだが、どんな場所だったかはまるでおぼえていない。

施薬院では表にまで病人があふれて寝かされている。顔には赤い発疹《はっしん》のある病人ばかりで、疱瘡だとわかった。施薬院の広間の中も足の踏み場もないほどたくさんの病人たちが寝ている。唸《うな》っている奴、わめいている奴、咳《せ》き込んでいる奴、反吐《へど》を吐いてる奴、死ぬのを待っているようにしか思えない奴もいた。そいつらの間を、口や鼻を手拭《てぬぐ》いで巻いた女たちが歩きまわり、水をやったり、汚物の片づけなどをしている。みんな目が吊《つ》り上がって殺気立っていた。

「医者はどこにおるのや」

あれこれと女たちに指図して頭《かしら》と思われる、でっぷり太った女にオレは訊いた。

「今は病人お断りや。見ての通り手がまわらへんよってな」

「この女は死にかけてるんや。今すぐ医者を呼べ。せやないと、お前をここでぶちのめすど」オレが脅すと女はおびえたように広間から出て行った。

ほどなくして女は小柄な医者を連れて来た。

「ここではアカン。病人を外に出すのや」やはり手拭いでふさいだ口から、体つきに似合わない力のこもった声が聞こえた。

言われるまま、外に出てキクを寝かせた。医者はキクの首筋や胸や腹を手で押さえて診たてをはじめた。そして大きく息をついて、突っ立っているオレを上目遣いに見た。

「お前はこの女の何や」

「何って、何でもない。通りすがりの者や」

「さよか……まあええか」

「何がええのや」

医者は立ち上がったが、オレの肩のあたりしか背丈がなかった。烏帽子《えぼし》もかぶっていないその髪はほとんど白髪だが、齢《とし》はそれほど取っていないように見えた。耳と鼻がやけに大きく、眉《まゆ》も目も口も真ん中に寄っていて、アゴの長い男だった。

「このおなごは身籠《みごも》っておる」と医者は言った。

オレは別に驚かない。身を売っていたのだから、そんなこともあるだろう。

「あとは腹をへらしておるだけでいたって壮健や。こんなとこおったらよけいに悪うなる。はよ連れて帰って粥《かゆ》でも食わせるんやな」

「このおなごは身寄りがないのや。ここに置いてもらえへんか」

「アホ。この有り様を見てみい。医者は足りん、薬もない、役人は何にも手を打たん。お前も男やったら、おなごの一人くらい何とかせえ」顔から汗を滴《した》らせて医者は本気で怒っている。

「ほな粥の一杯だけでも食わせてやってくれ」

「なに甘えたこと言うとる。ここの食いもんは病人のものや。さ、帰れ帰れ」

「けど」

「こんなとこでこのおなごと赤子を殺す気か」一喝して医者は広間の中へと戻って行った。

仕方なく、またキクを背負い、施薬院を後にした。いつの間にか空は暗い灰色の雲で覆われ、あたりはひどく暗くなっている。さっきまでの熱は失《う》せ、腕をなぶる風は冷たく、雨が降ってきそうだ。

「このおなごと赤子を殺す気か」という医者の一喝が頭の中でぐるぐるまわっている。オレはこの娘をどうすればいいか考えた。もとの鞘《さや》におさめればいいのだと思いついて、あの小太りの女がいた屋敷へと向かった。

背中のキクから、それまでは気づかなかった白粉《おしろい》の匂いがかすかにした。あれだけ女に飢えていたオレだが、何も感じない。今はただ、キクというこの女を何とかしなくてはいけないということが、頭の中を埋め尽くしている。だがその一方で、この女にこれ以上かかわってはならないと、自分に命じてしたがおうとするオレもいる。さっきの屋敷に送り届けさえすれば、片がつくのだと思って歩き続けた。

屋敷に着いたが、表門は閉じられ、ひっそりとしていた。オレは門を叩《たた》いて「お頼みする」と声をあげた。そのうち脇《わき》の潜《くぐ》り門が開いて、門番らしい男が二人出て来た。

「少し前、このおなごは死んだからむくろを弔ってくれと頼まれてこの家から引き取ったのやが、実はこの通り生きていてな。それで返しに来たのや」

「そんな女は当家にはおらん」

「いや、確かにこの屋敷の離れにいた。桃色の着物を着た女に頼まれてな」

門番らは少し顔を見合わせたが、怪訝《けげん》そうにオレを見て、

「そのような女も当家にはおらん」

「この娘はここに売られて来たと聞いたぞ」

「ええい、当家は藤原北家《ほっけ》ゆかりの由緒《ゆいしょ》ある家柄や。素姓の知れん者は一切おらん。これ以上愚弄《ぐろう》するとただではすまへんぞ」

門番の一人が腰に佩《は》いた刀を抜いた。思わず身をひるがえして逃げ出した。走りながらオレは勘づいた。

あの小太りの女は、身籠った上に病になったキクが邪魔になったから、検非違使《けびいし》や放免の目をかいくぐってあの屋敷に紛れ込んでキクを捨てたのやな。

他に行くあてもなく、墓場までキクをおぶって行った。井戸から水を汲《く》み上げ、木《も》椀《わん》に入れてキクに飲ませた。小さな口に含み、喉《のど》を鳴らして飲む姿がぎこちない。だいぶ腹が空《す》いているのだろうと思った。

「お前、いつから飯を食うてないのや」

キクは驚くほど素早く目を動かしてオレを見た。思いのほか鋭いその目の光に、一瞬身がのけぞりそうになった。白く小さな丸い顔をしていたが、その目は大きく、鼻は尖《とが》って、唇は薄い。まだガキの面をしていて、身籠っていることが信じられなかった。

キクは短い指を折って、三本の指を立てて見せた。

「三日か……その間は飲まず食わずか」

キクは小さくうなずいて目を閉じる。それでは動けなくなって当たり前だと思った。すぐにでも飯を食わせなければ、死んでしまうかもしれない。乞食《こつじき》のことが思い浮かんだ。オレに今できるのはそれしかなかった。キクを残しておくわけにもいかず、背負うと歩き出した。

あたりがいちだんと暗くなり、冷えた風が音もなく流れてきたかと思うと、激しく雨が降り出した。通りを行き交う人は雨から逃れようと足を早め、人影がまばらになった。雨にうたれて、焦《あせ》る気持ちのまま歩きながら、乞食をする上人の後についてまわっていた時、施しをしてくれた家はどこだったかと必死に思い出そうとした。でも乞食などやる気もなかったオレが、おぼえていようはずもない。

「なむあみだぶつ、なむあみだぶつ」門前や軒先で大声を出したが、雨音にかき消されてしまうのか、何軒まわっても誰も出て来なかった。

背中のキクは雨にうたれてぐったりとしている。オレはなりふりかまわず手当たり次第に戸を叩いてまわった。雨足が弱くなってきた頃、一軒だけ奥から男が出て来たが、ぬっと目の前にあらわれるなりオレの顔を思い切り殴りつけた。オレはキクを投げ出し、吹っ飛んだ。

「飯時にうるさいんや。去《い》ね」吐き捨てて男は家の中に入って行った。

夜になっていた。オレはキクの顔を探り、口もとに掌を翳した。まだ息はしている。キクの体を持ち上げ、背負った。殴られた頰が腫《は》れてゆくのがわかる。着物が雨を吸って、キクも重くなっている。

雨をしのげる場所に行こうと思い、オレは歩き出した。橋の下しか思いつかず、四条大橋の下まで歩いて行った。そこにはオレたちと同じように雨を避けて身を寄せる数人の乞食《こじき》が火を熾《おこ》し、そのまわりでたむろしていた。気を抜くと身ぐるみ剝《は》がされる。ましてや若い女とみれば何をやるかわからない。そいつらからできるだけ離れ、キクを寝かせ、「なむあみだぶつ、なむあみだぶつ」と唱え続けた。

キクの屋敷に押し込んだ、あの晩のことはとうに忘れ去っていたはずだった。でもこうしてあの時の娘が目の前にあらわれると、手に取るように思い出す。キクのふた親を殺め、キクの耳を削《そ》いだ。耳の傷痕《きずあと》によって一瞬のうちに甦《よみがえ》った。

キクが死んだということに一度は胸をなで下ろした。だが、生きていた。遊女となり、身籠っていた。オレの心は一気に、散り散りに乱れた。何も考えたくない。考えることから逃げたくて「なむあみだぶつ」を唱え続け、頭の中を「なむあみだぶつ」で埋め尽くそうとする。今はただ、キクに飯を食わせることだけが、オレのやるべきことだと言い聞かせる。死んでいてほしかったのに、飯を食わせようという、わけのわからないことをしようとしている。

焚火《たきび》のまわりにいる乞食たちが、こちらをうかがっている。隙があれば飛びかかって来そうだ。キクもそれに気づいておびえたような目でオレを見る。腹が空いて疲れ果て、体が思うように動かないにちがいない。オレも疲れ切っていた。体は石のようになり、橋を叩く雨音を聞くうちについ眠りそうになるが、念仏を唱えてどうにかこらえた。

「なむあみだぶつ、なむあみだぶつ」

にわかに足音がして誰かが近づいて来る。思わず身構えていると、「おーい、イチはおらんかあ」と聞きおぼえのある声がした。

ゴンジだった。

「ここにおるで」オレは声をあげた。

「おお、ここやったのか。上人さまがたいそう心配しておられるぞ」

「心配されるおぼえはないが」上人が心配していると聞いて、むずがゆいような気持ちになった。

「ほれ」と言ってゴンジは懐《ふところ》から竹皮の包みを取り出し、オレに差し出した。「握り飯や。少しやわいが麦飯やぞ。きっとひもじかろうと言うて、上人さまが手ずからつくって持たせてくださったのや」

驚いてゴンジを見た。ゴンジは声をあげて笑って、

「お前、おなごを救うてくれと施薬院に駆け込んだそうやないか。お、そのおなごか。まだ生きとるな。吾《われ》も探したかいがあったというものや」そう言って何がおかしいのか、また笑った。

オレは何だかもやもやしたが、キクに早く食わせてやりたくて包みを広げた。平べったい大きな麦飯の握り飯が二つ並んでいる。上人の顔が浮かんだ。

「キク、飯やぞ」オレが言うと、キクはむくむくと身を起こした。「ほれ、食え」と包みをキクに持たせたが、握り飯に目を落としたままで動かない。

「どないしたのや。食べてええのやぞ」

「そうや、空也上人さまの握り飯や。ありがたくちょうだいせえ」ゴンジが後押しするように言う。

キクは握り飯を一つ手に取ると、笑顔でオレに差し出した。オレは胸をつかれた。キクがなぜそんなことをするのかわからなかった。すすめられるままに握り飯を取り、頬張った。塩がきいていて嚙《か》むほどに甘みが口の中に広がってゆく。キクも一つ手に取り、少しずつかじるように食べはじめた。

「今晩はここに泊まるんか」ゴンジが訊いてきた。

「そのつもりや」

オレが答えるとゴンジはそのへんに落ちている木切れを集めて来て、火を熾してくれた。取り囲む乞食の連中に目をやって、

「お前たちには空也上人さまがついておられるからな。誰も手出しはできんはずや」と聞こえよがしに大声で言った。乞食たちは身を削って施しをする上人を、神様か仏様のようにあがめている。

「これで大丈夫や。安心して寝たらええ」ゴンジは笑顔を残し、雨の中を小走りに去って行った。

食べ終わると、オレはまた「なむあみだぶつ」を唱え続けた。キクは横になって目を閉じた。雨音がだんだんと小さくなっていき、聞こえなくなり、それに代わってキクの寝息が聞こえはじめる。オレは「なむあみだぶつ」をやめなかった。

雨に濡《ぬ》れた体があたたまり、いよいよ昔の悪事が浮き彫りになってゆくような気がする。キクから握り飯を渡された。あの時のキクの笑顔に胸が苦しくなり、息が詰まった。そこから逃れるためには「なむあみだぶつ、なむあみだぶつ」と唱え続けるしかなかった。

五

翌朝、オレはキクと歩いて、まずは飯を食おうと思い、墓場へと向かった。

橋の下で目ざめた時、キクはすでに起きていて、まだ霧の残る水際に立ってぼんやりと川を眺めていた。陽の光が川面《かわも》を飛び跳ねているみたいに眩《まばゆ》く目をうち、キクの黒髪にも陽が当たって光っていた。向こうに見える焚火《たきび》のあとのまわりには、ボロを着た乞食《こじき》らがだらしなく寝ていた。橋の上からは足音が途切れることなく聞こえている。野菜売りの声にオレは空腹をおぼえた。昨日の重苦しい気持ちがいくぶんか薄れ、朝のあることがありがたいような、すがすがしいような心持ちになった。

キクをおぶって行こうとしたが、キクは嫌がり、二人でぶらぶらと歩いて行くことにした。何も話すことはなかった。だからオレは「なむあみだぶつ」と唱えながら歩いた。するとキクもそれに合わせて、「なむあみだぶつ」と歌うみたいに唱える。キクの声は澄んでいてきれいだった。オレとちがって悪事に手を染めていないから、きっと声も汚《けが》れてはいないのだろう。

ときどきキクは蛙《かわず》みたいに跳ねて、水溜《みずた》まりを飛び越える。その様はガキそのものだ。お腹《なか》の子に障《さわ》るからやめろと言うと、キクは悲し気に俯《うつむ》いた。ああ、こいつは望まないガキやから産みたくないのかもしれへんと思った。

墓場では上人《しょうにん》がたくさんの弟子や町衆に囲まれて炊《た》き出《だ》しをしていた。毎朝の変わらぬ光景だったが、その朝はまるでちがって見えた。キクを連れて上人のもとへと行くと、上人はうれしそうに稗《ひえ》と粟《あわ》の粥《かゆ》を木椀《もくわん》になみなみとよそってオレたちに渡してくれた。一言くらい昨夜の礼をと思ったが、言葉が出て来なかった。

キクと並んで座り、粥を啜《すす》る。啜りながら、オレは上人を見ていた。笑顔で粥をふるまうその様は手の届かない偉い人に思えた。会うたびにちがった人に見える。

「イチよ、ええことをしたのう」炊き出しが終わると、上人がオレたちの前にあぐらをかいて座った。「そなた、名は何と申す」

「キクどす」

「キクか。ええ名や。イチよ、これからキクをどないするつもりや」

「どないするって……」

「キクは身籠《みご》っておるのだろう」

「施薬院《せやくいん》で聞いたんか」

「ああ、そうだ。キクには身寄りがないそうやないか。イチよ、お前が救った命や。大切にせねばならんぞ」笑みを浮かべて上人は言う。

オレは戸惑った。これからどうするか何も考えていなかった。

「むくろを運ぶのもええが、身寄りのない身重のおなごの面倒をみるのもええやろう」

上人は立ち上がった。オレも咄嗟《とっさ》に立ち上がり、キクの屋敷に押し入り母親を殺《あや》めたのはこのオレだと、上人にぶちまけようとした。でも、キクがいる前では、そう話せるわけがない。戸惑うオレを上人は真顔で見つめて、「やり遂げてみい」と言い放ち、「なむあみだぶつ」を唱えながら立ち去った。

キクも落ち着かない感じで立ち上がり、あたりを歩き出す。キクはオレに面倒をみられることを望んでいるのだろうか。キクの胸のうちが読み取れず、歯嚙《はが》みしたい気持ちになる。「やり遂げてみい」という上人の言葉が胸に突き刺さっていた。

ひとまずヤマとクマとで住んでいたあの穴ぐらにキクを連れて行くことにした。あそこは羅城門《らじょうもん》からだいぶ離れていてあたりには人は住んでいない。疱瘡《ほうそう》にかかる心配もないからキクを住まわせるにはいいだろう。

「ついて来るんや」オレはキクに言って歩き出した。

キクは黙ってついて来た。朱雀《すざく》大路を歩き、羅城門を抜けて西にある森へと行けばよかった。朱雀大路を歩いていると、キクは足を止め、突然駆け出した。驚いて後を追ったが、キクは行き交う人たちにぶつかり、かき分け、必死に走り続ける。誰か見知った者を見つけたのだと思った。

八条大路に折れてさらに皇嘉門《こうかもん》大路に入ったところでキクは見失ったのか、茫然《ぼうぜん》と立ち尽くしている。

「誰か見つけたんか」肩で息をしているキクに訊《き》いた。

でもキクは答えない。オレのことなど眼中にないようにも感じられる。

「勝手なふるまいは赦《ゆる》さんど。上人に面倒をみるよう言われたんや。お前のお腹には赤子がおるのやさかいな」声を荒らげると、キクはおびえたように目を伏せた。自分でも思いもよらない言葉だった。

それからオレは、逃すまいとキクの手をきつく握り、引いて歩いた。その手はやわらかく、湿って吸いつくようだ。キクは引かれるままに歩いたが、その間もまわりに目を配り、誰かを探しているふうだった。オレは気がくさくさとした。

穴ぐらは敷き詰めた藁《わら》の間から雑草が芽を出してぼうぼうに生えていたが、草むしりをすれば以前と変わらず寝起きはできそうだった。その時、オレの肚《はら》は決まった。

上人と同じように乞食《こつじき》をして食いものをもらい、赤子が生まれるまでキクを養おう。上人の言いなりにはなりたくないのに、そうしなくてはならないような気持ちになっていた。

「ええか。これからお前はオレとここに住むのや。オレは乞食をして飯をもろうてくるさかい、その間お前はここにおるのやぞ」キクを座らせ、真《ま》っ直《す》ぐに目を見て言って聞かせた。

キクはためらいがちにうなずいた。それからオレは穴ぐらの隅に隠してある刀子《とうす》を取り出し、穴ぐらを出て小川に行くと髪を切った。上人と同じ坊主《ぼうず》になるのではない。ただ乞食をするには、この髪は邪魔にちがいない。

伸びた髪をつかんで刀子で切る。何度かそうやって、髪は小川に流した。ごわついた黒い髪の束が小川の流れに落ちてゆらゆらと流れてゆく。それから少しずつ頭を剃《そ》り出した。蟬《せみ》がやかましく鳴いていた。ほうぼうで小鳥がさえずり、陽射《ひざ》しは強かったが、森を吹き抜けて来る風は涼しかった。小川の縁には紅《あか》と白の花が咲き乱れている。

剃りながら、坊主はなぜ髪を剃るのかと思った。上人はいつもみすぼらしい格好をしているが、頭だけはいつも青々と剃り上げてきれいにしていた。なぜそうするのかはわからなかった。ただ、乞食《こつじき》は物乞《ものご》いではないからそうするのかもしれない。

突然背後に人の気配を感じ、驚いて振り向くと、キクが笑顔で立っていた。

「どないしたんや」

キクは黙ってそばにしゃがむと、小川の水を手ですくってオレの頭をベチャベチャとぬらし、刀子を取り上げてオレの頭を手慣れた感じで剃りはじめた。頭を押さえるキクの指は冷たかった。キクの吐くあたたかな息がオレの頭にかかる。

「なかなかうまいこと剃るやないか」

「父《とと》さまの髭《ひげ》を剃って差し上げておりました」

それを聞いて暗い気持ちになった。キクも何か思い出しているのか、それ以上話さなかった。キクは最初のうちは刀子を小刻みに動かして剃っていたが、だんだんと手の動きが遅くなり、ていねいに剃っていく。剃る音も小さくなっていき、刃が頭を滑ってゆく。その時、おそろしい思いにとらわれた。キクは刀子の切っ先を立てて、オレの喉頸《のどくび》を深々とかっ切ろうとしているのではないか。血しぶきが川面に飛び散る様が浮かぶ。我に返ると川は陽の光を受けてきらめいていた。

剃った頭を風がなぶってひんやりとする。掌《てのひら》で頭を撫《な》でると、生まれ変わったような気がする。キクはまた笑みを浮かべた。その頰に小さなえくぼができることに初めて気づいた。オレも笑みを返そうとしたが、口元をゆがめただけで笑顔にはならなかった。

陽が高いうちにと思い、オレは穴ぐらを後にして、町へと向かった。家々をまわり、乞食をした。乞食をしているという恥ずかしさはなく、オレそのものが芽吹いたばかりの草みたいに思えてきた。野良犬《のら》のように追い払われ、罵《ののし》られるばかりだったが、嫌ともつらいとも感じなかった。相変わらず疱瘡のむくろが道端に転がっていたが、オレは避けて通り過ぎた。キクのため、疱瘡にかかってはならない。

二十軒ほどまわり、目の見えないジイさんがわずかな米を施してくれた。ジイさんは涙ぐみ、手を合わせて、「なむあみだぶつ」と言った。オレも「なむあみだぶつ」と返した。昔、殴り殺した野菜売りのジイさんのことが思い出され、殺めたジイさんから施しを受けているような気がした。

夕方近くになると朱雀大路を冷えた風が吹き抜け、土埃《つちぼこり》を巻き上げた。五十軒ほどもまわると、頭陀袋《ずだぶくろ》に半分ほどの米や麦、稗、粟を集められた。オレの面《つら》を見て気味が悪いと追い返す者もあったが、反対に気の毒だと恵んでくれる者もいた。少し偉くなったような気分になったが、乞食をしている時の上人みたいでもあり、嫌な気がした。乞食をする者も施しをする者も変わりはないと、憎々しいほど堂々としていた。

空が夕焼けで青から暗い赤に変わりはじめている。そろそろ穴ぐらに帰ろうと羅城門に足を向けた時、行き交う人の中にキクを見つけた。キクは道端に立って、人ごみに目を向け、誰かを探しているふうだった。キクに見つからないように物陰からその様子をうかがった。陽が暮れても、探している者はあらわれなかったようで、キクは肩を落として帰って行った。

「お前、誰を探しているのや」

飯を食べた後、オレはキクに訊いた。キクは答えなかった。口数の少ない女だった。誰かを想《おも》っているのだろうが、答えようとしなかった。その晩はそれ以上、訊かなかった。

それからキクは毎日、朱雀大路に立って、誰かを探していた。オレはそんなキクを陰から覗《のぞ》いて、そいつが誰か突き止めようとした。そして三日目、とうとうキクはそいつを見つけ、駆け出して、後を追って行った。オレも追いかけた。キクが追っていたのは、髭面の深緑の束帯《そくたい》姿で、風体から地下人《じげびと》に見えた。男はやはり八条大路に折れて皇嘉門大路に入ったが、そこでキクが飛びかかるように男をつかまえ、必死に頼み込むように訴えている。男はキクを振り払って突き飛ばし、走り去って行った。

オレは倒れたキクに駆け寄り、抱き起こした。目に涙をためている。「来い」と言って、キクの手を引いて歩き出した。キクはうなだれ、右に左によたよたと歩いている。あの男との間に何があったのかと思うと、もやもやして腹立たしくなる。

キクは黙ったまま、悲しみに沈んでいるように見える。

穴ぐらに帰り、オレは粥をつくったが、キクは食べなかった。薄暗い中でキクは俯いて、石のように動かない。勝手にすればいいとオレは一人粥を食べていたが、キクに何があったのか気になって仕方がなかった。

「あの男はお前の何や」

訊くと、キクはオレのほうを一瞬見ただけで、また俯いた。

「赤子の父親か」

キクは突き刺すようにオレの顔を見る。

「そうなんやな」

キクは顔をそむけた。白い顔が暗い赤みをおびて、やり切れなさがいっそう募って見える。

「お前を買《こ》うた客か」

「ちがいます。契《ちぎ》りを交わした方です」

契りという言葉に胸がうずく。押し入った夜、油商人の主人の娘を見初《みそ》めた地下人が来ていたと放免《ほうめん》も話していた。あの晩、逃げ出した男にちがいない。

「そうか。けど、あの男、お前と添い遂げるつもりはなさそうやったが」

キクはオレをにらみつけた。

「お前はどうしたいのや。あの男にどうして欲しいのや」

「赤子ができたのやから一緒になりたいんです」

「お前、あの男を好いとるのか」

「好いとります」キクは目を伏せた。

「そうか……わかった。ほなオレがあの男に話をつけてきてやる」

「ほんまですか」

「ああ。せやからお前はここでおとなしく待っとるのやで」

「はい」キクは笑顔でうなずいた。

妙なことになったと思った。オレはいったい何をしようとしているのだろう。隙間《すきま》風《かぜ》がオレの面をなぶる。風がきついのか、木々がこすれて鳴る音が聞こえる。キクは横になって眠ろうとしている。まだわずかに陽の光の残る暗がりに浮かぶその横顔は、ガキそのものに見える。こんなガキが身籠り、男を好いているということが信じられなかった。この娘の母親を手にかけたというだけでも重荷なのに、これ以上の荷を背負わされたら、心がつぶれてしまいそうだった。心が土の欠片《かけら》みたいにもろいものだったのかと驚き、あきれる。

キクの小さな寝息を聞きながら、不思議な感じもしている。オレはこの場所でヤマやクマと一緒に何年も過ごしていたはずなのに、ずっと一人きりだった気がした。でも今は、一人ではなく二人でここにいるという確かな思いがある。

わずかな陽の光も消えて、キクの顔も見えなくなった時、オレも横になって目を閉じた。キクの寝息が聞こえる。それを聞きながら深い息を一つ吐き出した。

翌日、皇嘉門大路に立って、あの男が来るのを待った。昨日、キクに捕まったことを思えば朱雀大路を避けるのではないかと考えた。目を上げれば、青空には薄い雲がかかり、東寺《とうじ》の塔が見える。陽を浴びた塔の屋根が光り、きれいだと思って、つい笑ってしまう。これまで何度も見ているはずなのに、きれいだと思ったことは一度もなかった。オレにとってはクソみたいな貴族と役人どもが遊び暮らしている町でしかなかったのに、何か少しずつ変わってゆくような気がしている。

あの男があたりに目を配り、明らかに用心するように歩いて来るのが見えた。オレは気づかれないように近づいて行き、男の前に立った。

「キクという女のことで話があるのやが」

男は嫌な顔をあらわにした。

「……何やお前は」

「キクの面倒をみておる者や」

かまわず行き過ぎようとした男の顔をオレは拳《こぶし》で思い切り殴りつけた。鈍い音がして、男は両手で鼻と口を覆《おお》った。指の間からボタボタと血が落ち、乾いた地面を赤くぬらした。行き交う人たちが足を止めてオレたちを見ている。放免でも来るとやっかいなことになると思い、男の腕をつかんで歩き出した。

「お前の家に連れて行け。そこで話をつけよか」

拳の痛みに悪党の血が久々に騒ぐ。マムシ屋敷から逃れて都に戻り、ヤマやクマと暮らしていた頃は、毎日のようにごろつきどもとのケンカに明け暮れていた。オレたちが負けることはなかった。殺しはしなかったが、腕や足の骨を折り、鼻をつぶし、食いものや銭や着物を巻き上げた。

あれからまだ半年も経《た》っていないのに、オレはすっかりヤワになっていた。男を殴った時、これまで味わったことのない怒りを感じていた。

九条大路の角の家の前で、男は足を止めた。塀で囲われた大きな屋敷だった。

「ここがお前の屋敷か」

「そうや」

　オレは男の胸ぐらをつかみあげた。

「お前、キクとは契りを交わして、孕《はら》ませたのやろう」

「それがどないした」

「そんなら一緒になるのが筋ちうもんやないか」

「油売りの娘やから一緒になるはずやったのや。ふた親を殺められて、家も財もなくして没落し、遊女《あそびめ》に身を落としたようなおなごに用はないわ」

　血がたぎった。男に対する怒りに罪悪感が入り雑じって我を忘れ、男の腹に蹴《け》りを入れ、二度、三度と殴りつけた。男が叫び声をあげると、門が開いて長い棒を持った使用人らしい男たちが四、五人出て来た。オレはそいつらを片っ端から叩《たた》きのめそうとしたが、逆に押さえつけられ、寄ってたかって棒で打ちのめされた。

「検非違使《けびいし》に突き出しまひょか」

「いや、検非違使庁は今忙しいのや。羅城門の外にでも放り出しておけ」

　使用人らがオレの両脇《りょうわき》を抱えて連れて行こうとしたところへ、「ちょっと待て」と男が止め、オレの頬をつかんで持ち上げた。

たら話を聞かんでもない。ただし、赤子が男ならばだ」

「吾《われ》はな、妻と子を三人、疱瘡で亡《な》くした。もし赤子を引き取ってくれというのやっ

オレは男の顔に血のまじった唾《つば》を吐きかけた。男はオレを強《したた》かに拳で殴りつけ、目の前が暗くなった。

気がついたのは羅城門外の水溜まりの中だった。西陽が暑かった。ガキが二人、小便をしている。泥水に浸《つ》かっていたオレは這《は》い出て、どうにか立ち上がった。長く伸びている自分の影を、一瞬枯れ木かと見まちがえた。鴉《からす》がしきりに鳴いて薄暗い空を舞っている。オレは真っ直ぐに歩けなくて、体を揺らしながら穴ぐらへと歩いて帰った。

こんなことなら刀子でも懐《ふところ》に忍ばせておけばよかった。昔は肌身はなさず持っていた。こんなにも間抜けな男になってしまった自分とあんな薄情な男を「好いとります」と言うキクが腹立たしい。

キクは穴ぐらの前に立って、オレの帰りを待っていた。オレの姿を見るなり、駆け寄って来た。キクはあの男との暮らしを夢見ていたのだろう。意地悪な気持ちがわいてくる。

「あのな、お前のような遊女に身を落としたおなごは願い下げやいうことやった」

これが本来のオレだ。あの男を殴ったことで自分を少し取り戻したようだ。

「願い下げ……」

「もうかかわらんといて欲しいと言うてな」

「それはその、うちとは一緒になれんいうことですか」

「そういうことや」

キクの目にみるみる涙がたまり、「やっぱり、あかんかったんやなあ」と言って穴ぐらの中に入って行った。

オレはその場に立ち尽くして、陽の暮れかけた空を眺めた。まだ明るさを残した空に星がまばらに出ている。何をどうすればよいのかわからなくなってしまった。

キクが鍋《なべ》を持って中から出て来た。吹っ切れたように火打石を打って火花を飛ばし、小枝や枯れ葉を燃やして火を熾《おこ》し、鍋を仕掛けて粥をつくりはじめた。その動きには少しの無駄もなかった。手慣れた感じが落ちぶれた女の悲しさを思わせ、やるせなくなる。今日はもうこれ以上は何もしないで飯を食って寝るだけだと思い、キクのそばにあぐらをかいて座った。

キクはオレを見た。そして懐から赤いボロの手布巾《てふきん》を取り出すと鍋の湯に浸けて絞り、泥や血でよごれたオレの顔を黙ってていねいに拭《ふ》いてくれた。何でそんなことをするのか、戸惑い、むずがゆい気持ちになったが、キクのしたいようにさせておいた。

「この火傷《やけど》の痕《あと》はどないしはったんです？」キクはオレの左目の火傷痕を拭きながら訊いてきた。

オレはマムシ屋敷で仲間を逃がし損ね、焼きごてを当てられた話をして聞かせた。

「ひどいめにあわはったんですねえ」

キクは悲し気な表情を浮べた。

「もう痛いことないんですか」

「うん、何ともあらへん」

「うちもです。この耳、もう痛いことも、何ともあらしません」キクは髪を上げ、斬《き》り落とされた左耳の痕を見せて笑顔で言う。

その時、あっと思った。キクは今まで一度もオレの面を見て、嫌な顔をしたことがなかった。当たり前のようにオレの顔を見て、当たり前のようにオレと話している。それどころか傷痕に想いを寄せてくれた。素直にうれしかった。だけど、すぐに暗い気持ちになった。本当ならなぜお前には左の耳がないのかと問うところだろうが、とても訊けなかった。

キクは拭き終えると炎に見入った。その小さな面はやっぱりまだガキだと思った。

「疱瘡であちこちでガキが死んどるさかいな、産んだ赤子は売ろうと思たら、何ぼでも売れるで」

安心させるために言ったのだが、キクはオレをにらみつけた。

「うちの子はどこにもやらしまへん。うちの手で育てますよって」

女はそういうものかと思った。父親のいない赤子など、オレなら喜んで誰かにくれてやるのに。

すっかり夜になっていた。炎に映えるキクの横顔をオレは見た。ふだんは白いキクの肌が橙《だいだい》色に染まっている。突然燃えていた枝が爆《は》ぜ、大きな音がして、茂みに潜んでいた鳥がひと鳴きして飛び立った。オレは思わず暗い空を見上げたが、キクは少しも動かないで炎を見つめている。地面に映るその影が岩のようにも見えた。キクが何を考えているのか、気になって仕方がない。オレは今晩、「なむあみだぶつ」を唱えることを忘れていた。

六

だんだんとキクのお腹《なか》は膨らみ、動きも鈍くなっていった。あまり食べなくなり、時おり茂みに行ってえずいていた。オレは背中を擦《さす》ってやるくらいしかできなかったが、何日も続くので、病ではないかと心配になった。頼る者は上人《しょうにん》より他に思いつかなかった。乞食《こつじき》をした帰りにオレは墓場へ行って上人に話した。

「それは何でもない。身籠《みごも》ったおなごはそうなるのや。放っておけばよくなって、よう食べるようになるはずや」と言って上人は笑った。

上人の言う通り、そのうちえずくこともなくなり、逆によく食べるようになった。本当に上人という人は何でもよく知っていた。ゴンジに訊《き》けば、上人は何年もほうぼうを歩いてまわって修行を積み、たくさんの人たちを救って来たので、お産のこともよく知っていると言う。

「けどイチよ、赤子が生まれる時は気いつけるんやで」ゴンジが眉《まゆ》をひそめて言った。

「何をや」

「お産の時の血はケガレとるさかいな。見てはならんし、もちろんおなごに触れてもならん」

「ケガレって何や」

「不吉でおそろしいものや。おなごの血、とりわけお産の時の血はな」

「……ほな一人で産めというんか」

「そうや。河原でも山の中でもええ。人目のつかんとこで産ませるのや。まあその時は巫女《みこ》にでも頼んで祈禱《きとう》してもらうのがええやろうな」

ゴンジの言っていることがよくわからなかった。お産の時の血の何が不吉でおそろしいのか。喧嘩《けんか》や盗みでオレはしょっちゅう血を流し、血にまみれてきた。お産の時の血だけがケガレているとは思えない。

そういえばマムシ屋敷にいた頃、奴婢《ぬひ》の女たちが屋敷の裏手に建つ、人ひとり入ればいっぱいになる小屋に代わる代わる何日も籠ることがあった。「何をやってるのや」とある女に訊くと、「血を出しとるのや。覗《のぞ》いたらバチが当たるさかい、小屋には近づいたらあかんで」と言う。それもケガレであったのかもしれないが、なぜバチが当たるのかがわからない。

ゴンジからケガレの話を聞いてからは、腹が日ごとに大きくなっていくキクに近づくことがためらわれた。どうしてもケガレがわからないオレは、たまらず上人に尋ねた。

上人は呆《あき》れたようにふんと鼻で一つ息を吐き、オレの問いに答えないで、ぶらぶらと墓場を歩き出した。オレはその後をついて歩いた。

「ええかイチよ、おなごにケガレなどない。命がけで、赤子を産むおなごにケガレなどあるものか。ケガレと言うは偽り、迷いごとや。吾《われ》はほうぼうで数え切れへんほどの赤子を取り上げた。だが、ほれ、この通りケガレておらん」上人は両手を繰り返し開いて握って見せた。

「ほな、キクもケガレはないと」

「そんなもんあるかい。だから、お前がキクの赤子を取り上げてやれ」

「ほな、そうします」オレが言うと上人は笑顔でうなずいた。

だが、その一方で不安とおそろしさは大きくなっていった。キクの母親を殺《あや》めたことは、キクにも誰にも言えないでいる。自分の口からはとても言えそうにない。

秋が近くなり、いちだんとお腹が大きくなった。キクは心細いのか、オレが乞食に出かけようとするとついて来たがった。疱瘡《ほうそう》の勢いはやまず、洛中《らくちゅう》に出れば、うつるかもしれないから穴ぐらで待たせたが、一度、羅城門まで迎えに来たことがあった。叱《しか》られると思ってか、まともにオレの目を見られないで気まずそうにキクは顔を伏せていた。オレは、咎《とが》めもしないで手を引いて穴ぐらまで連れて帰った。その途中、キクはオレの機嫌をとるように「なむあみだぶつ、なむあみだぶつ」と繰り返し唱えていた。

考えてみれば、キクは一日中誰とも話さないで一人で待っている。心細さに耐え切れず、迎えに来ても不思議ではなかった。それで三日に一度はキクを墓場に連れて行った。

帰り道、オレたちは東や西の市をぶらぶら歩いた。疱瘡のため人通りはずいぶん減っている。そのほうが疱瘡にうつらないだろうし、気晴らしに歩くのにはちょうどいい塩梅《あんばい》だった。以前はたくさんの行商が行き交い、四隅に竹を立てて陽よけの藁筵《わらむしろ》を掛けた下で野菜や魚、着物や糸を売る店が軒を連ねて売り声もにぎやかだったが、今は年寄りみたいに歯抜けになって店が減り、しかも売っている品数もわずかだった。牛や犬を見かけなくなったのも、始末されて食われているからだろう。疱瘡が恐《こわ》ければ家から出なくなるし、そうなれば畜生だろうが身近なものを食うしかない。

キクは立ち止まり、子を抱いた母親に目を留めて微笑《ほほえ》んでいる。オレはキクの横で今の自分が信じられず、驚いていた。悪事を繰り返していた頃は隙《すき》があれば米や銭をかすめ取ってやろうと、行き交う人の腰や懐《ふところ》ばかり見ていた。それが今はキクと同じように穏やかな気持ちで人々を眺めている。オレたちは市で何を買うでもなく、ただ歩いて穴ぐらに帰った。

雨が降ると穴ぐらの中は雨漏りがして、そこらじゅうに滴《しずく》が落ちた。その夜も雨が降り、雨漏りを避けるようにキクと寄り添って寝た。キクは眠れないのか何度も深い息を吐いている。具合でも悪いのかと気になり、オレもなかなか寝つけなかった。

「なあイチさん」

「何や」

「お前さまの父《とと》さまと母《かか》さまは、どうしてはるの？」

オレは一瞬、言葉に詰まった。

「死なはったん？」

「知らん。いっぺんも見たこともないのや」

「何で」

「気づいたら悲田院《ひでんいん》におったのや。せやから赤子の時に捨てられたんやろうな」

「ふーん……さびしない？」

「はなからいてないのやから、さびしいも何もないやろ」

「それはそうどすけど……うちは会いたいな」

「お前のふた親はどないなったのや」どうしようかと思ったが、訊かないのもおかしいからオレは訊いた。

キクは長い間黙っていた。そのまま寝るのかと思ったが、突然はね上がるように身を起こした。オレも驚いて身を起こしかけた。暗くて表情はわからなかったが、息遣いがふるえている。

「どないしたのや」

「うち、ときどき頭がおかしなるんです」

「……どないなるんや」

「あの晩のこと、思い出すんです。父さまと母さまが殺められた晩のこと」

「殺められたのか」

「そうどす。押し入って来た男たちに父さまは刀で斬《き》られ、母さまは刀子《とうす》で突かれ、うちの耳、その時に斬り落とされたんどっせ。思い出すと、頭の中が痛《いと》うて痛うて……」キクの小さなか細い声が、行き場がないように宙をさまよう。

オレは何も言えずに、キクの話を聞くしかなかった。

「ときどき急に、斬られた耳から変な音が聞こえてきて、そしたら、あの晩のこと、はじめから終わりまでぜんぶ思い出して、頭が膨らんで割れそうになるんです。そのまま死んでしまうんやないかと思うて……ううん、いっそ死んだほうがええと何度も思うたんです。けど、うちのお腹には赤子がおるとわかったら、それも、でけしません」

初めて聞くキクの胸のうちは、悲しくて死にたいといったように聞こえた。

「前の晩には、父さまと母さまと夕餉《ゆうげ》をいただいたんです。父さまがイワシやらアワビを用意してくださって、お米のご飯を食べて、父さまはお酒を召し上がり、前祝いやと言うて、たいそうよい機嫌でした」

「前祝い……」

「うちを見初《みそ》めて嫁に欲しいというお人がいて、あの晩は、そのお人が通うて来はる三度目の晩やったんどす……それが終わったら、うちは親もとを離れて、そのお人と一緒になるはずどした」

「……それが赤子の父親やったのやな」

「そうどす」

「……ふた親をいっぺんに殺められて、さぞつらかったやろう」

「ううん。うちよりも、父さまや母さまのほうがよっぽどつらかったと思います。これでうちの行く末も安心や言うて、喜んではったから……あのまま何ごともものうて、あの人と一緒になってたらと思うたら……今さら詮《せん》ないことどすけどなあ」

「お前はまだ若いんや。やり直したらええやろ」

「こんなんで、やり直せますかいなあ。ふた親もない、家もない、好いた人にも捨てられて……うちには、なあんにもないんどっせ」キクはあきらめた風につぶやいて、のろのろとまた横になった。「やり直せますかいなあ」呪文《じゅもん》のように繰り返す。

やわらかな言葉の中に、親を殺した奴《やつ》らが憎くて殺してやりたいという怨念《おんねん》が籠っている。もうやめてくれと、オレは胸のうちで叫んでいた。近くにおってはあかんと思って、オレはそれとなくキクから離れ、背を向けて寝た。だが、キクは間《ま》をつめて寄り添って来る。その息がオレの首筋にかかり、甘い香りがした。心だけが離れて遠ざかってゆく。

「イチさんにも、父さまと母さまが、いてはったらよろしおしたなあ」

「ふん、そんなもん、はなからおらんほうがええのや。そんなもんがおるさかい、いらん気を遣わなあかんのやないか」

キクは小さく笑う。

「それが親子、いうもんやないですか……うち、父さまと母さまに会えるなら、頭がおかしなるんも悪いことやないと思うんですよ」

オレは何も言えなかった。まるでオレがやったことをキクが知っているようにも思えてきて、背筋が寒くなる。あの晩のことを話して少しは気持ちが落ち着いたのか、キクの寝息が聞こえる。寝息の合間に雨の滴が藁筵に落ちる音がし、いっそう静けさが深まり、ひどくさびしい心持ちになる。

キクがオレを頼りにし、気持ちを寄せてくれるのはうれしいが、息が詰まりそうになる。そばにいてやりたいのに、そばにいたらあの晩のことがバレそうで、離れないといけない。その気持ちのはざまで引き裂かれそうになる。このまま一緒に暮らし、互いの気持ちが通い合うことは無理だと思うと、どうにもやり切れない。

ジンを思い出す。母様に会って孝行をするのだと話した時のうっとりとした目の輝きが甦《よみがえ》り、ぞっとした。あの輝きがオレの憎しみと裏切りにつながったのだと今、はっきりとわかった。オレがいくらあがいても手にできないものをあいつは持っていた。あいつもこのオレが殺めた。

ふた親なしで育ったからオレはワルになり、心が荒《すさ》んだのかとも思ったが、ヤマとクマはふた親に育てられたと聞いていた。ただヤマはガキの時分に毎日のように父親から虐《しいた》げられ、焼け火箸《ひばし》を何度も背中にあてられたそうだし、クマは三歳の時、山中に捨てられたと話していた。子どもは親次第で変わるのかもしれず、それを思えば、母親に二度と会えないと知ったジンが首を吊《つ》った気持ちもわかるような気がした。

「なむあみだぶつ、なむあみだぶつ」

オレはこの念仏にすがって、どうにか持ちこたえようとしている。

暑い日がしばらく続いた。ふつうなら色づきはじめる穴ぐらのまわりの森も緑のまま、くすみ、今までならそんなことはどうでもよかったのだけど、風のひと吹き、鳥のひと鳴きにも心がざわついてしまう。

キクのお腹は立ち上がるのもしんどそうなくらいに膨らんだ。さすがにもう洛中に出て来ることもなくなり、日がな穴ぐらの中でオレの帰りを待つようになっていた。よく動くというお腹の中の赤子に話しかけ、笑顔を見せているから、さびしいということもないのだろう。飯も人一倍食べるようになった。オレは乞食をする家を増やし、陽が暮れるまでまわることにした。

その日、乞食から帰ると、穴ぐらの焚火場《たきびば》のそばに黄色や紫の花が竹筒に挿して置いてあった。キクが小川の縁で摘んだと言う。暗い穴ぐらの中で花びらが輝いて見える。その前に座ると、ほのかないい香りがして乞食の疲れもやわらいだ。「うちの家の庭には紅梅の木があったんどっせ」キクはオレのそばに座った。「花の咲く時期には木の下に薄縁《うすべり》を敷いて母さまと愛《め》でたり、ぎょうさんの花びらを拾い集めて着物に薫《た》き染《し》めて、ええ香りをずっと楽しんだりしてました」

うれしそうに話すキクを見て、押し込んだあの時、塀越しに見えていた梅の木を思い出して暗い気持ちになる。同時にキクとこうして話していると心が安らぐ。

居心地の悪さはずっと続いていた。日々同じことの繰り返しのような暮らしで、自分が自分でないような気もしてきた。毎朝、キクと二人だけで飯を食い、午間《ひるま》は乞食をやり、穴ぐらに帰るとオレはその日あったことなどをキクに話しながら晩飯を食い、寄り添って眠る。日々その繰り返しだった。ヤマやクマと暮らしていた頃はその日にならないと何が起きるかわからなくて、それも楽しかったが、今はその逆で、それでいて嫌だということもない。毎日が同じことの繰り返しであることに落ち着きをおぼえていた。

その日の午間は町ごと燃え上がるような暑さだった。道行く人は汗だくで、口を開けている。疱瘡はまだ流行《はや》っていて、それどころか疫痢《えきり》までが流行りだし、腹痛でのたうちまわる叫び声があちこちから聞こえていた。人々は家から外へ出ることをおそれ、東西の市も人影がまばらになっている。噂《うわさ》では内裏《だいり》にまで疱瘡が広まっているという話で、オレはキクにうつさないようにひたすら祈り続けていた。祈るよりほかにもう手立てはなく、嵐《あらし》が過ぎるのを待つしかなかった。

二条大路を歩き、喉《のど》の渇きをおぼえながら乞食をやっていた時、ばったり上人と出くわした。上人は背中に水を入れた桶《おけ》を背負い、この暑さで行き倒れた人たちに柄杓《ひしゃく》で水を施していた。相変わらずアホみたいに偉い人やなと思った。オレなど身籠った一人の娘の世話で手一杯なのに、この人は都中のあらゆる人を救おうとしている。

上人とはこのひと月ほど会ってなく、墓場へ会いに行ってもすれちがいばかりで、懐《なつ》かしさをおぼえた。上人はオレの面を見るなり笑顔になり、「キクの具合はどうや」と訊いてきた。

「おかげさまで、健《すこ》やかに過ごしております」

上人はふふっと笑い、オレに水を一杯飲ませてくれた。

「お前の口から『おかげさまで』と聞こうとはな。もう産み月が近いのう……いざという時はお産になれた女に来てもらうとええぞ」

「はあ。で、どこにおりますか、そういう女は」

「毎日墓場にも来ているバアさんやけど、そうやな、これから会《お》うてみるか」

「お願いします」

オレは上人と連れ立って歩き出した。途中、背負った桶を目あてに駆け寄って来た七、八人の乞食《こじき》たちに上人は「焦《あせ》らずともよい」と言って聞かせ、桶が空になるまで一人ずつに水を分け与えた。と、その時役人たちが来て、「ここからは入ってはならん」「出て行け」とオレたちを追い払った。オレはカッとなって抗《あらが》おうとしたが、上人に止められた。

その向こうに朱雀門《すざくもん》があり、中から紫や赤や黒といった立派な袈裟《けさ》を着たたくさんの坊主《ぼうず》たちが読経《どきょう》し、鉦《かね》や団扇《うちわ》太鼓を叩《たた》き鳴らしながら出て来た。オレが眺めている間に上人は桶を捨てて、道端のジイさんのむくろをひろって背負い、歩き出した。オレが背負うと言ったが上人は承知しなかった。ジイさんからはすでに死臭が漂っていた。着物は剝《は》ぎ取られ、しなびた茄子《なす》のような一物《いちもつ》がむき出しになっている。

上人はお祓《はら》いなど気にも留めず、

「そういえば、おなごを抱くと意気込んでおったが、あれはどうなったのや」と訊く。上人に言われて、あっとなった。キクを拾ってから、忘れていた。そう話すと上人は声をあげて笑った。

「それでええ、それでええ。ありがたいことや。人を想《おも》い、人に尽くすことで己の欲を忘れる。これほどええことはない」

そう言えば、女を欲しいという欲が失《う》せていた。それも上人に正直に話すと、真剣な顔になって、

「ええかイチよ。求めてはあかん。与え続けることだけを考えるのやぞ。誰かに与えてさえおれば心が楽になる……求めるのは苦しゅうなるだけやからな」と、なぜだかそんなことを言う。

「なむあみだぶつ、と唱えておればええのでしょう」

「ああ、そうや。与えることは己が空っぽになってゆくということや。誰かに何かを求めて、得てばかりいると、愚かしい欲も積もってゆく。ええか。捨てるに捨てられんようになるから苦しい、それなら、はなから持たぬことや。何事にもとらわれるな。とらわれたら最後、そこから抜け出られんようになる。決してとらわれてはあかんぞ。ええな」

上人の言う通りのことが自分にはできるのか。求めることやおなごを抱きたいという欲が消えてなくなるとは思えなかった。心の奥底では、求める気持ちが渦巻いている。オレはずっとキクとの今の暮らしが続いて欲しいと願っている。それが求め、欲

しがるということではないのか。何が何だかわからなくなり、今は考えないようにするのやと心ひそかにオレは思う。

「でもな、人はそううまくはいかん」

ふいにもらした上人の言葉にオレは目が覚めたようになる。

「人は欲しがる生きものや……つまり、さびしいのやな」

ゴンジから聞いた神泉苑《しんせんえん》の化け狐《ぎつね》の話を思い出し、

「抱いて欲しいと頼んだ化け狐もさびしかったいうことですか?」と訊いてみた。

上人の口もとに笑みが浮かんだ。

「くだらん話や」

「え?」

「そんなもん、つくり話に決まっとるやないか」

「そうやったんですか」オレはがっかりした。聞いた時はアホらしいと思ったが、今では信じるようになっていたからだ。

「イチ、吾はな……」と言いかけて上人は珍しく口籠る。言おうかどうか迷っているように見えた。

「何です?」オレはそれが聞きたかった。

「己の身と心さえも捨てたい」

胸をつかれた。どういうことなのか、その意味がわからない。それなのに、おそろしい気がする。

それから上人は何も言わず、墓場まで歩いて行った。蟬《せみ》の声がうるさい。陽の光にあぶられて体中から汗が吹き出た。息も熱かった。

墓場に着くと、上人を待っていた人たちが寄って来る。上人は墓穴を掘り、ジイさんを埋めて弔う。待っていた人たちは黙って上人を見守り、弔いが終わると待ちかまえていたように上人にいろんな相談事をする。都がひどい有り様で、頼れるのは上人しかいないといったふうに見えた。

ゴンジに声をかけられた。ゴンジと会うのも久しぶりだった。

「あのおなごとまだ一緒におるのか」

「身寄りがおらんからな」

「お前、顔が変わったのう」

「顔が変わるわけがないやろ」

「いや、出会うた頃はいつ人を殺めてもおかしゅうない顔をしとった」真面目《まじめ》な顔でゴンジが言う。

オレはふんと鼻で笑った。何と答えていいかわからず、笑うしかなかった。

「上人さまとは乞食の途中で会うたのか」

「そうや」

「疱瘡に痢病で都はひどいもんやろう」

「ああ。朱雀門でお祓いをやっとったな」

「都中の寺から、名のある僧を集めて建礼門《けんれいもん》でもお祓いをやったそうやが、そのあげくに内裏の中にまで疱瘡の病人が出たちうのはお笑いやで。何が名僧や。上人さまの爪《つめ》の垢《あか》でも煎《せん》じて飲めっちゅうねん」

ゴンジの言う通りだと思った。上人は油をせしめるのに貴族を利用するが、貴族のためには働かない。いまだに得体の知れない、つかみどころのない不思議な人だ。

「おいイチよ、こっちへ来なはれ」

上人に呼ばれて行くと、ひとりのババアをオレに引き合わせてくれた。そのババアはお産に慣れ、十五人の子を産んで千もの赤子を取り上げたという話だった。白髪で色の浅黒い、顔はシミだらけの小柄な女で、とても十五人も産んだようには見えなかった。

「上人さまの頼みやよって取り上げてやるけど、いつもは安請け合いはしいひんのやで」と憎まれ口を叩いた。オレはその物言いが気に入った。

本音で話す奴が好きだった。ババアにキクのお産を頼み、近いうちに穴ぐらに来てどんなものか様子を見て欲しいと頼んだ。

陽が傾きかけていた。急いで穴ぐらに戻らないとキクが心配するだろう。上人はオレに飯を持って帰れと言い、麦と白米の握り飯とイワシの干物を袋いっぱいに詰めて持たせてくれた。炊《た》きたての飯やあぶったイワシの香ばしい匂《にお》いに腹が鳴った。

「与えるのや、欲しがるのやないぞ」

別れ際《ぎわ》に上人はまたオレに言った。オレの心を見透かしているような気がする。オレはうなずいて、墓場を後にした。暮れなずむ朱雀大路を急いで歩きながら、上人はどうしてオレなんかにここまでよくしてくれるのかと思った。いや、与えることがすべての上人ならば、それも当たり前のことなんやろう。

冷えた風が吹いてきて暑さもやわらぎ、汗ばんだ体に心地よかった。真っ赤に焼けた西の空を、はぐれたような鴉《からす》が一羽横切っていく。オレはただただキクのお産の無事を想って歩き続けた。

七

激しい夕立のような雨が降った後、オレは粥《かゆ》をつくるために鍋《なべ》を火にかけた。森の木々がようやく色づきはじめ、濡《ぬ》れた木の葉を鳴らして吹き抜けて来る風は思いのほか冷たく、寒さをおぼえるほどだった。

この頃のオレは乞食《こつじき》には出ないで、キクと一緒に穴ぐらにいた。もう一人にしておけないと思ったからだ。飯は少しずつ蓄えてあった。それを切り崩しながら、キクのお産まで持ちこたえられるだろうと考えていた。

十五人産んだというババアには、一度来てもらってキクの具合をみてもらった。

「こんなボロ小屋に住みよって、ろくでもない奴《やつ》らや」と憎まれ口をまた叩《たた》いたが、産み月になれば頃合いをみて、「うちに連れて来い」と言った。「月足らずでお産がはじまったらこうしろ」と赤子を取り上げるやり方を丁寧に教えてくれた。

ババアの住まいは四条河原の外れにあり、下見に行くと、板屋根の小さな掘建《ほった》て小屋で、二目と見られないほどのボロ家《や》だった。

「どっちがボロ小屋やねん」とオレは思わず毒づいたが、こんな息が詰まりそうなところに一人で住んでいればひねくれても仕方がないと思った。

冷えた風が吹いている。靄《もや》がうっすらとかかり、それでいて木々の葉の形がくっきりと見える。風に誘われるように、穴ぐらからキクがお腹《なか》を抱えるように出て来て、笑顔をオレに向けた。キクのそんな笑顔が好きだった。キクは「できるだけ体を動かすのや」とババアに言われた通り、あたりをぶらぶらと歩きまわる。キクの土を踏む足音と、小枝の爆《は》ぜる音が重なって、心があたたまる。時おりキクに目をやると、キクもオレを見ていて、やっぱり笑顔だった。

二人で黙って飯を食う。近頃、あまり口をきかない。それは話すことがないとか、話したくないといったのとは逆で、話さなくてもわかり合えるからだとオレは思っていた。

陽が暮れるとオレたちは横になる。いつもはそのまま先にキクが眠りについたが、その晩は眠れないのか寝息が聞こえてこない。そのうち、オレに体を寄せて来る。懐《なつ》かしいような甘酸《あまず》っぱい香りが匂《にお》い立つ。乳の匂いのようで、忘れかけていた匂いだった。オレはおかしな心持ちになってしまう。遠い昔の生まれたばかりの自分を思い起す。

キクはいっそう体をくっつけてきて、やわらかな髪がオレの醜い火傷痕《やけどあと》に触れる。でもキクを抱き寄せることができない。繰り返し思い出してしまう。あの晩のオレの悪行——キクの母親を刀子《とうす》で突き刺した手の感触、母親のうめき声、頬に当たったキクの生あたたかい耳——「なむあみだぶつ」と唱えても、それらは消えることも薄れることもない。

風が木の葉を鳴らしている。その音におびえて逃げ出したくなってしまう。ただただ苦しい。この数日は苦しくて仕方がない。キクがオレに身を寄せてくるほど、たまらなく苦しくなる。キクとの暮らしを守ろうとするほど、どうにも苦しくてやり切れない。昔のオレはどこへ行ったのやと阿呆《あほう》のように繰り返し思っている。嘘《うそ》を平気で言い、世の中をクソだと憎み、やりたいことを好きなだけやってきたオレはいったいどこに行ってしまったのか。

キクの寝息がはじまる。それを聞いて、もっと苦しくなる。赤子が生まれたら、オレの役目は終わりで、キクと別れることになるのか。それでいいと思う反面、それでは嫌だとも思う。キクのしたいようにさせてやるのが一番いいのかもしれない。いっそ赤子が生まれたら、上人《しょうにん》に二人のことを頼んで、オレはどこか遠い場所に行って、都にはもう二度と帰って来ないようにしようか。

つらつらと思ってはみたが、それが実際にできるかどうか自信がなかった。一つ屋根の下で女と暮らすということは、これほど心が揺れ動くものなのかと、今さらながら驚く。

風が止《や》んで静かになった。キクの小さな寝息が暗闇《くらやみ》の中で行ったり来たりしている。迷いを断ち切るため、明日、上人に会いに行こうと思った。オレの悪行を上人に打ち明け、気持ちを少しでも軽くしたくなった。

翌朝、まだ暗いうちに穴ぐらを後にした。

昨夜はほとんど眠れないまま夜を明かしてしまった。身を起こすと、キクも目をさまして心配そうにオレを見た。食べ物が心もとないので上人を訪ね、分けてもらって来ると嘘をついた。

「早《はよ》う帰って来てください」キクはすがるように言う。

「うん、午過《ひるす》ぎには戻るようにするさかい」

キクの顔をまともに見られず、穴ぐらを出た。しばらく歩いてから振り返ると、キクは穴ぐらの前でまだ見送っている。何か悟られているような気がして、そのまま逃げ出したくなった。上人の答え一つでオレの今後の身の振り方は変わる。場合によってはこのまま帰れないかもしれない。

墓場へ向かう途中、放免《ほうめん》の手下に捕まった場所近くに差しかかった。オレは道端の草むらをかき分けてあれを探した。あんなものは誰も拾わないだろうし、野良犬《のら》にでも食われていなければ、まだ残っているはずだ。朝露の残る冷たい草をかき分け、それを見つけた。オレは拾い上げて見つめた。黒ずんで乾き、縮んで固くなってはいるが、斬《き》り落とされたキクの左耳にちがいなかった。放免の手下たちに捕まる前、慌《あわ》てて捨てた耳だった。気にはなっていたが、ないものにしておきたかった。でも今は、キクの大切な体の一部だとも思えた。懐《ふところ》に入れて、指先で触れながら歩いた。そんなものをお札のように大切に持っていても、何の役にも立ちそうになかった。ただ今日は肌身離さず持っていないと、このままキクと会えなくなるような気がした。

墓場では炊《た》き出《だ》しが終わり、弟子や町衆らが片づけをはじめていた。その中にゴンジがいたので、上人の居場所を訊いた。

「空也《くうや》上人さまなら、愛宕《あたご》の社《やしろ》に行かれとる」

「愛宕の社ってどこにあるのや」

「お前、行くつもりか」

「話があるのや」

「やめとけ。祈禱《きとう》の邪魔になるよってな」

「いつ帰って来られる」

「紅葉が終わる頃までお帰りにはならん」

「それまでは待てんのや」

「お前ごときの話やったら、吾《われ》でも間に合うやろ」

「間に合わん。愛宕の社はどこや」

ゴンジは根負けしたように小枝で地面に道筋を書いて、ここからずっと西の、峠を越えたところにある愛宕の社の場所を教えてくれた。

秋も半ばだというのに雨が近いのか、妙に蒸し暑かった。歩き出して間もなく顔から汗が吹き出した。洛外《らくがい》に出ると田んぼの畦《あぜ》をひたすら歩いて行った。実りの少ない稲に陽射《ひざ》しが当たって光っている。赤とんぼが群れて低く飛んでいた。コオロギやウマオイといった虫の音も、絶えず聞こえている。

峠を一つ越えた。今日中には戻れないかもしれない。山道を歩いて行くと川が見え、風がひんやりとして、汗が少しずつ引いてゆく。このあたりの山は燃え上がるように紅《あか》くなっている。川沿いの山道を歩いて登って行くと小さな鳥居が見えてきた。枯れ葉の濃い匂いを嗅《か》ぎながら鳥居をくぐると、大きな水音が聞こえてくる。見上げれば木々に覆《おお》われた、短い滝が流れ落ちている。白い水が生きもののように滑り落ち、岩にぶつかっていた。

岩場に立って少しの間、滝を眺めた。しぶきが風に舞い、陽の光の中で一瞬のきらめきを見せている。凍えるほどに寒く感じられた。

「なぜここに来た」

背中で声がして振り向くと、上人が恐《こわ》い顔をして立っている。オレは驚きをもって上人の姿を見た。いっそう肉が削《そ》げ落ち、研ぎ澄まされた鋭い刀子のように見える。人ではなく、骨だけの見たこともない獣みたいだ。

「答えろ」上人の強い声音に、返事によっては赦《ゆる》さんといった怒りが籠《こも》っている。一瞬怖《お》じ気《け》づいたが、

「実は、お話がありまして」と声を搾《しぼ》り出す。

「話があるから、ここに来たのはわかる。だがイチよ、キクを放っておいてはあかんやないか」

「そのキクのことでお話があるのです」

上人は黙ってオレを見つめていたが、踵《きびす》を返して歩き出した。オレはその後をついて行った。にわかに空が曇って来た。地面に落ちていたオレの影が消え、あたりが暗

くなった。風がいちだんと冷たく感じられる。陽の光を奪われた木々の葉が色を失い、その色に胸が騒いだ。

小高い丘の草の上に上人は座り、目でうながされてオレも横に座った。やわらかく冷えた草を尻《しり》に感じる。

「上人のお考えが知りとうございまして」

「何を知りたいのや」

オレは唾《つば》を飲み込もうとしたが、渇き切って喉《のど》がかすかに鳴っただけだった。

「オレは、何人か人を殺《あや》めたことがあるのですが……その中に今面倒をみておりますキクの母親もおりました。仲間二人とキクの屋敷に押し入って、仲間が父親を斬り殺し、オレは母親を刀子で刺し殺してしまいました……河原で首を刎《は》ねられそうになったんは、そのせいで……」

上人は何も言わなかった。黙っているその間《ま》がおそろしく、横目で上人の姿を確かめた。上人の顔色は少しも変わっていない。まっすぐ前を見ている。表情から何を考えているのか探ろうとしたが、うかがいしれない。今打ち明けたことが上人に伝わったのかさえ怪しく思えてきて、言い直そうかと戸惑っていると、

「それがどないしたのや」

くだらないことを言うなといった調子で上人は吐き捨てた。

「そんなオレがキクの面倒をみてもええのかと思って」

「嫌ならやめたらええ」

「けど、他に面倒をみる者はいてません。それにオレは上人に面倒をみろと言われたから」

「お前の他に面倒をみる者はなんぼでもおる。世の中に自分の代わりになる者は腐るほどおるわい。お前が救った命やから、吾は面倒をみろと言うたまでや。嫌ならやめたらええ」

オレは何も言えなくなった。きつく冷たい風が吹きつけ、体が固くなって縮んでゆく。

「今さら何を言うとる」

いつになく上人の言葉は厳しかった。言い返すこともできず、くすんだ色の草に目を落として黙った。滝の流れ落ちる音が間近に聞こえる。

「お前はキクに惚《ほ》れたのやろう」わかりきったことのように上人は言う。

怒っていると思った上人は、憐《あわ》れむような目をオレに向ける。惚れたと聞いて、ああそうかと思った。

「惚れたさかい、キクに本当のことを言うのがおそろしいのや」

自分の胸に問うまでもなかった。

「己を空っぽにせえと言うたはずや。与えておれば、迷いや悩みは起きぬ。欲しがってはいかん。欲しがるから苦しくなるのや」

「……オレは上人さまやないからな。そんなことできひん」そうとしか言い返せなかった。

「ほな、ぞんぶんに苦しめばええ。苦しむのも人の仕事や。吾に答えを求めるな。自分の頭で考えろ」

陽が雲間から出て明るくなった。陽の光を浴びた上人の顔は石のように動かず、遠くを見ている。

「上人がオレなら、本当のことをキクに話しますか」

「吾はお前でないからわからん。ただ、お前はもう悪党ではない」

思いがけない言葉に気持ちを揺さぶられた。今でもひょんなことで悪に手を出してもおかしくはなかった。でも、キクのことを想《おも》うと、人は殺めてはならないと思う。

「オレはキクの行く末をめちゃくちゃにした悪党や」としか答えられなかった。

上人は立ち上がった。

「過ぎたことをなんぼ悔いても元には戻らん。どうするかは、お前が考え、キクと決めることや」

陽がまた翳《かげ》り、暗くなった。

「さ、そこまで送って行こか」と上人は歩き出し、オレはついて歩いた。

上人から期待した答えがもらえず、心が宙に浮いたようになっている。黙って上人の後ろを歩くしかなかったが、「その昔な」と上人が語り出した。

「密《ひそ》かに夫を毒で殺めて、病死と見せかけ、その妻を奪った役人の男がおった……けどな、その時妻は夫の子を身籠ってた。腹がだんだんと大きくなるにつれ、男は深く悩むようになった」

上人はそこで話を切った。

「それでどないなったんです？」

「妻が子を産んで、五年ほど経《た》った時、男はこらえかねて、本当のことを話した」

オレは思わず足を止めた。

「足を止めるのやない。歩け」上人はオレの肩を小突いて歩かせた。

「妻はな、男の過《あやま》ちを受け入れるふりをしておいて、夜中、幼子を連れて男のもとから逃げた。けどその途中、近江《おうみ》の山中で追って来た男の手下たちにつかまり、たまたま通りかかった旅人に救われたのやが、その旅人というのが人買いやった」心なしか上人の声が少しずつ陰にこもってゆくように感じる。「母親は悪所に売られ、幼子はさるお大尽の屋敷に奴婢《ぬひ》として売られていった」

「……結局、ほんまのことは言わんほうがええということか」

「そんな話をしてるのやない」戒めるように上人は言う。「吾は旅の途中、病床にあったその母親から頼まれ、幼子を探しはじめた。数年ののち、その幼子の消息がわかった時には母親はむくろとなっていた」

その先の話を聞くことが、恐くなってきた。

「上人、このへんで見送りはもう」

断ろうとしたが上人は話を続けた。

「母親はわが子と生き別れになる時、竜笛《りゅうてき》という笛を手渡した」

竜笛と聞いてオレはまた足を止めた。上人はもう歩けとは言わずオレの顔を見つめている。

「その子はジンという名であったが、屋敷から逃げようとしてつかまり、先行きを儚《はかな》んで首をくくったそうや……お前もよう知っとるはずやが」

「……そんな奴、オレは知らん」

「嘘を申すな。左目の火傷痕は、お前がジンをそそのかしたとされて焼かれたのであろう」

「そんなこと、何で今話すんや。もっとずっと前に何で言わんかったんや」

「物事には順序というものがあるよってな」

「母親に頼まれたんか、オレをつかまえて恨みを晴らして欲しいって」

「母親は死んでおった。ジンが死んだことすら知らん」

「それやったらこんな話、もうどうでもええやないか」

「いや、母親には教えてやらなあかん。吾は約束したからな」

「死んでしもたら、約束なんか」

「母親と吾との約束や。お前にかかわりはない」上人はオレの言葉をさえぎった。

オレは上人の目をまともに見られなかった。

「さあ言うのや。ジンとお前に何があったのか」

オレは観念して、上人に打ち明けた。ふた親に捨てられ悲田院《ひでんいん》に入れられた後、マムシ屋敷に売り飛ばされてジンと出会ったこと。母親に会いたいがため、ジンがオレに脱走の手助けを頼み、一緒に逃げようと誘われたこと。オレが裏切ってジンはつかまり、自ら命を絶ったこと。オレは焼きごてで左目を焼かれ、マムシ屋敷を脱走したこと。

上人は空に目をやったまま、黙って聞いていた。最後にオレは、「ジンは、マムシ屋敷から逃げ出して母親と会うことができたら、孝行をしたいと言うておりました」と言った。「『それが子のつとめやから。産んでくれた恩に報いるのや』と」

上人は一瞬驚いたような表情を浮べたが、

「それはまちごうとるな……親はそんなことちっとも望んどらん。親が望むのは、我が子の無病息災だけや。孝行する閑《ひま》があるなら、世のために働いたほうがええ」と呟《つぶや》くように言った。

「……ただ、ジンはそう言っておりましたが」

オレは上人を見た。上人の目に涙がにじんでいた。上人は何かを言おうとしたが、その言葉を飲み込んだ。それを言えば涙がこぼれ落ちるかのようだった。上人はその涙が引くのを待つように長く黙ってから、

「ええかイチよ」とオレを見つめた。「欲しがるのやない、与えるのやぞ。極悪非道の人でなしやったお前が救われる道はそれしかない。なむあみだぶつを唱え続けよ」

と言うなり上人は身をひるがえして歩き出した。

やせ細って小枝のようになった上人の背中を見送るうち、ひょっとして、上人はジンの父親ではないかと思った。毒殺とか母親に頼まれたというのはつくり話で、上人は生き別れた我が子を探し求めていたのではないかと。

でもすぐにそんなはずはないと思い直す。上人の目に浮んだ涙は、ジンとジンの母親の心そのものになりきったからだ。

「極悪非道の人でなしやったお前」と上人はオレのことを呼んだ。上人の言う通りだった。オレは物を盗み、旅人の男や野菜売りのジイさん、巫女《みこ》、キクの母親だけでなくジンも殺めていた。

上人の言葉が頭をかすめる。

「お前はキクに惚れたのやろう」

はい、惚れましたと答えるしかなくなっている。だが、極悪非道の人でなしだったオレがキクに惚れるなど赦されるはずがない。だから上人は与えろと言うのだろうが、オレは上人ではなく、盗《ぬす》っ人《と》の人殺しだ。上人の言う通りにしたとて所詮《しょせん》は化けの皮が剝《は》げ落ちるに決まっている。

ジンの顔が思い浮かぶ。笑っていた。オレの一番嫌いな顔だった。あの笑顔は今となっては胸の奥にこびりついて離れない。

来た道を引き返しているのに、全然ちがう道を歩いている気がする。来る時に聞いた虫の音が遠くなって、竜笛の響きが幻のように耳の中で鳴り続ける。ジンは確かに生きていたとオレは思う。「まろは」とあいつは言った。「まろは母様に会いたい」と言って啜《すす》り泣いた。ジンが命を絶ったのは、母親に会えないというだけでなく、信じていたオレに裏切られたからだろう。オレは叫び出したくなった。叫び倒して、死にたいと思った。

　小さな農家の前に、まだ死んで間もないガキのむくろが転がっていた。そのまま通りすぎようかと思ったが、家の中からわめき散らす声がして足を止めた。ボロを着た百姓の若い男と女がもつれるように飛び出して来た。

「これはうちの子や。このまま捨てておくなんてできまへん。この子が鴉《からす》の餌《えさ》にでもなるとこを黙って見とけ言うんか」母親が叫んでガキのむくろにすがりつこうとするのを、「アホ、病がうつったら共倒れやど。このまま捨てておけ」と父親が必死に止めに入る。

　むくろの赤いできものは疱瘡《ほうそう》にちがいない。オレはむくろを抱き起こして背負った。驚いて母親と父親がオレを見た。

「墓はどこや。鋤《すき》を持って、はよ道案内せえ」オレが言うと、母親が父親を突き飛ばし、家の中から鋤を持ち出して来て、「こっちです」と早足で歩き出した。「ありがたいことでございます、ほんまにありがたいことで」と母親は涙を拭《ふ》きながらしきりに言った。

墓は雑木林を少し入ったところにあった。墓とは言っても、うっそうとした木々にさえぎられて陽も射さない狭い場所にいくつかの丸い墓石が置かれてあるだけだった。

「どこに埋めてもええんか」オレが訊《き》くと母親はうなずいた。

オレは母親から鋤を受け取り、墓穴を掘った。久しぶりに掘ったが、慣れたものだった。むくろを抱え上げ、穴にそっと寝かせてやる。母親も手伝い、土をかぶせていく。

「なむあみだぶつ、なむあみだぶつ」オレが手を合わせて念仏を唱えると、隣で母親も唱えた。

「お坊さま、どうかうちで白湯《さゆ》でも飲んで休んでいってください」母親は涙ながらに言った。ガキが死んでからずっと泣いていたのだろうか。髪はほつれ、頬は削がれたように痩《こ》け、目のまわりが黒ずんでいる。

「そんな白湯があるなら、墓に供えてやれ。それにオレは坊主《ぼうず》なんかやない」オレはその場を離れて歩き出す。

気配を感じて振り返ると母親は土下座をして、地面に頭をこすりつけていた。オレはガキや母親のためにむくろを埋めてやったのではない。いくらかでも自分のこれまでの悪行が薄まればいいと願っただけだ。

小雨が降り出した。キクのもとに早く帰ってやろうと繰り返し思って、小走りになった。懐に手を入れて干涸《ひから》びたキクの耳に触れてみる。どうしてそんなものを拾う気になったのか、今は忘れてしまっている。降り出したはずの雨が急に止んで、雲の隙《すき》間《ま》から陽が射した。おかしな空の具合に、揺れ動く今のオレの心と同じだと思ってしまう。

雨でわずかに湿った道が陽の光に照らされている。その輝きを眺めながら、キクには言わなければええのやと心に決めた。黙っていればわかることはない。悪事を隠し通して生きている者や知らないで死んでゆく者は、世の中にはごまんといるはずだ。

そうしようと決めた時、「なむあみだぶつ、なむあみだぶつ」と上人の声がどこからか聞こえてきた。オレはそれをかき消すために「なむあみだぶつ」を唱え続ける。それでも上人の声はかき消されることなくどこまでも追いかけてきた。

八

寒さで目がさめた。藁筵《わらむしろ》にくるまってはいたが、痛いような冷たさを足もとに感じる。息が白い。もう冬になったのやなと思い、目で隣のキクの姿を追ったが、いなかった。うっすらと粥《かゆ》の匂《にお》いが漂ってくる。起き上がって穴ぐらから出てみると、キクが粥を炊《た》いている。

「やっと起きはりましたか」笑顔を向けてキクは言った。

オレは焚火《たきび》に近づいてしゃがみ、冷えた両手を火に翳《かざ》した。

「飯ならオレがつくると言うてるやろ」

「何や動いとらんと気が急《せ》いてしもうて」キクは大きなお腹《なか》をさすりながら言う。

「粟《あわ》か。まだ残ってたんやな」

「へえ、ちょびっとだけどすけどな」

「オレ、今日は町に行って飯をもろうてくるさかいな」

「そうですかあ。早《はよ》う帰って来ておくれやすな。もういつ生まれてもおかしいないと思いますよって」

「うん、わかっとる」

貯《た》めていたはずの稗《ひえ》や粟、麦などがとうとう底をついてしまった。上人《しょうにん》はとうに愛宕山《あたごやま》から下りているにちがいなかった。墓場へと行って、上人かゴンジに頼んで飯を分けてもらうこともできたが、上人と顔を合わせたくなかった。キクに本当のことを言えないでいるのが気まずかった。

オレはわずかな粥を食べると町へと向かった。羅城門《らじょうもん》を抜けて町中に入ったとたん、ぞっとした。行き交う人がおらず、道端に死んでいるのか生きているのかわからんような者たちが幾人も転がり、救いを求めていた。オレは何度となく助けようかと思ったが、キクのことを思ってこらえた。

ここ数日、どれだけ家々をまわって乞食《こつじき》をしても、ひっそりとしていて、返事をする者がいない。東西の市も一軒の店も出ておらず、冷たい風だけが吹き抜け、乾いた砂を巻き上げている。疱瘡《ほうそう》も疫痢《えきり》も飢饉《ききん》も、まだ続いていた。おそろしかった。この世が終わるのやないかとすら思った。このぶんだと悪党もやりたい放題にちがいない。

陽が傾きかけてもひとつまみの稗も粟ももらえず、あきらめて帰ることにした。森で何か食える木の実か草でも採り、煮て食べるしかなかった。よほど墓場に行ってみようかと迷ったが、町がこの体たらくならどこでも同じだろうと、穴ぐらに向かって歩き出した。

足の裏がじんじんとしびれて痛んだ。固く冷え切った地面は素足にひどくこたえる。こんなことならゴンジに草鞋《わらじ》をもらっておくのだった。あれだけいらないと言っておいて、今さらもらいに行くのも気まずく、がまんすることにした。

キクに飯を満足に食わせられないことだけは避けたかった。一瞬盗みのことが頭をかすめる。昔のオレなら、どこかに押し込んで刀子《とうす》で脅し、飯を手に入れていただろう。

何とかしなくてはいけない。オレは俯《うつむ》いて考えながら、穴ぐらの近くまで戻って来た。キクの笑い声が響きわたり、思わず顔を上げた。今までに聞いたことのないような明るい笑い声で、何があったのかと小走りになった。穴ぐらに着いて見れば、キクと男が焚火をはさみ、笑いながら話している。男は背を向けて座っていた。

「お帰りなさい」キクがオレを目にして笑顔で言った。

男は振り向きざまに立ち上がってこっちを見た。髪と髭《ひげ》がぼうぼうで、黒い着物はところどころ破れた、乞食《こじき》にしか見えない薄汚い男だった。男はニヤリとした。その顔を見て呆然《ぼうぜん》となった。ヤマだった。

「イチよ、久しぶりやなあ」

オレはヤマをにらみつけるだけで、すぐに声が出て来なかった。

「どないしたんや、恐《こわ》い顔して」

「お前、ようのこのこ帰って来れたもんやな」

「そう言うなって。洛外《らくがい》もここんとこ都と同じでひどいもんやで。疱瘡や疫痢でむくろの山や。食いもんもないのや。飢えて死ぬこと思うたら、ここに帰って来るしかなかったんや」

「お前はクマの首を刎《は》ねさせたのやど」

「そう言うなって。オレも必死やったんや。どんな悪事をしてきたか、それに仲間のことを吐かんと痛いめにあわせる言われてな。いや、オレも役人にだまされたんや。仲間の命までは取らん、決まり通り島に流すだけや言うてな。そしたら間際《まぎわ》になって首を刎ねると言うやないか。ほんまに驚いたで」ヤマは調子よく喋《しゃべ》った。

オレはキクの目を気にしながら聞いていた。キクはきょとんとしてオレとヤマを代わる代わる見ている。ヤマが抜け抜けとここに戻って来たのは、何か魂胆があってのことにちがいない。小狡《こずる》くて、悪知恵の働くのがヤマという男だ。

「言い訳は聞きたない。はよどっかに行ってくれ」

「冷たいこと言うやないか。お前、ええことをしとるのやってなあ。キクさんから聞いたぞ。何や人が変わったようやないか」

キクさんと呼ぶ声に背筋が寒くなる。

「せめて三日でええさかい、ここに置いてくれへんかな。この寒空に外で寝たら死んでしまうよってな」

「お前はオレたちを売ったんやど」

「せやからそれは悪いと思うとる。イチよ、なあ頼むわ。昔のよしみやないか」

よしみという言葉に反吐《へど》が出そうになる。ヤマはまだキクが押し込みをはたらいた家の娘だとは気づいていないようだ。こんな押し問答を繰り返すうちに勘づかれたらまずい。

「なあイチさん、三日くらい泊めてあげはったらどないどす。この人、食べもん持って来てくれはったんどっせ」

「おおきになあキクさん。ほれ」とヤマは膨れた頭陀袋《ずだぶくろ》をオレに見せた。「どうにかかき集めてきたんや」ヤマはニヤリとする。どうせ押し込んで奪ったものだろうが、今のオレが一番欲しいものだった。

「……わかった。けど、三日だけやど。三日経《た》ったら出てってくれ」

「すまんなあ。よし、そうと決まれば飯でも食おうや」

オレは穴ぐらに入って鍋《なべ》を持ち出した。ヤマはまたキクと他愛のない話をして笑い合っている。不安ばかりが渦巻く。この男が一筋縄ではいかない男だということはオレが一番よく知っている。三日だけ何とかしのごうと思った。

「お前が孕《はら》ませたのやないんやってな。何で一緒におるのや」

外で飯を食い、キクが先に寝るため穴ぐらに入ると、ヤマは囁《ささや》くように訊《き》いてきた。手持ち無沙汰《ぶさた》に焚火に小枝を折って焼《く》べる仕草は前のままだった。

「お前にはかかわりのないことや」

ふんとヤマは鼻で笑う。焚火に照らされ、橙色《だいだいいろ》に染まったその顔は、昔以上に荒《すさ》んで見える。

「わからんもんやなあ。お前が人助けをするとはな」

「オレは昔のオレとはちがう」

「何がちがうのや」

風が炎を揺らす。一瞬ヤマの顔が暗くなって不気味に見えた。

「イチよ、クズは死ぬまでクズやど。どうあがいたところでまっとうな人や貴族にはなれへんのや」

「オレは別にまっとうな人にも貴族なんかにもなるつもりはない。死ぬまでクズでもかまへん」

「ほな何でこんなことやっとるのや。何の得にもならんことを」

「放《ほ》っといてくれ」

「ははあ、お前、あのおなごに惚《ほ》れたな」

「アホ言え」オレは気取られないように小枝を折って炎に焼べた。

「腹のガキはお前の種やないのに物好きなもんやで」

「それ以上言うたらぶちのめすど」

ヤマは声をあげて笑った。土色の汚い歯が見え隠れした。

「そうそれや。それでこそのイチやないか。やっぱりお前は生まれついての悪党や」

そう言ってヤマは懐《ふところ》に手を入れ、これ見よがしに刀子を出し、伸びた手の爪《つめ》を黙って削《そ》ぎはじめた。

オレは穴ぐらに入り、キクのそばで藁筵にくるまり横になった。暗闇《くらやみ》の中、キクの寝息が聞こえる。このままヤマが居座ったらどうしよう。ヤマを追い出す手立てが何も思い浮かばなかった。残りの二日間、とにかくキクにバレないようにとそれだけを祈った。しかし祈れば祈るほど不安は募っていった。

翌日、ヤマは髪を短く切って髭を剃《そ》り、気味が悪いほどオレの言うことを素直に聞くようになった。小川から水を汲《く》み、飯をつくり、薪《まき》を拾ってきた。馬鹿話《ばかばなし》をしてキクを笑わせている。

晩飯の時も、ヤマは歯のないジイさんが必死に栗《くり》を食べようとしていた様子を身振り手振りを交えて面白おかしく話し、キクは飯を食べる手を止めて笑い転げた。身をよじらせ、ひっくり返りそうになるキクをオレが慌《あわ》てて支えた時、キクの長い髪が乱れて横顔があらわになった。次の瞬間、オレはヤマと目が合った。ヤマの狐《きつね》のような顔がゆっくりとゆがみ、笑みをつくった。

「キクさん、気い悪うしたら堪忍《かんにん》やで。その左の耳、どないしたんや」

「ああ、これなあ」とキクは何のためらいもなく、他人事《ひとごと》みたいに盗人《ぬすっと》にふた親を殺され、片方の耳を斬《き》り落とされたと話した。

「それは気の毒になあ……さぞ痛《いと》うてつらかったやろう」ヤマの優しい声にオレはぞっとする。

「おおきに。けど、なんぼ言うたかて、詮《せん》ないことやから」口もとに笑みを浮かべたまま、キクは粥を食べている。

ヤマとまた目が合い、オレはにらみつけた。ヤマは少しもひるまず、見つめ返してくる。焚火の明かりはヤマの顔を赫々《あかあか》と照らし出すが、何を考えているのかはつかめない。血も涙もない残酷なことを今もまたたくらんでいるにちがいない。オレは逃れるように粥をかき込んだ。

キクが穴ぐらの中で寝入った後、オレはヤマと外で焚火を前にして向き合った。ヤマは刀子で足裏のタコを削っている。オレは長い間黙って火を見ていた。薪の燃える音や風に揺れる木の葉の音、タコを削る音を聞きながら、ヤマを手にかけることになるかもしれないと思った。

オレの胸のうちを見透かすようにヤマは手を止めて言った。

「安心せえ、あの晩のことは黙っといてやる」その目が笑っている。

「あの晩のことて、何のことや」

ヤマは小さく笑った。

「往生際が悪いで。なにびくびくしてるんや。お前がそんな肝の小さい男やったとはな」

風が炎を煽《あお》り、オレの顔を熱くする。いつの間にか、もう二度とこの手から離れないといったほどの強さで、小枝をきつく握りしめていた。ヤマは不敵な笑みを浮かべ、手に刀子を持っている。刀だろうが刀子だろうが、その扱いは格段に上手《うま》かった。飛びかかれば一瞬のうちに刀子を逆手に持ち替えてオレの胸を突き刺すだろう。

「都というのは狭いもんやな。オレとお前とで殺《あや》めたふた親の娘と会うとはな。お前、まさか罪滅ぼしのつもりやないやろな」

「言うな」オレは低く叫んだ。

ヤマはニヤリとする。

「惚れた女の母親を実は殺めてましたとは、とても言えんわな」

血がたぎった。このガキ、逝《い》てもうたると思いかけたが、心を鎮《しず》めた。

「何や、やらんのか。今オレをぶちのめして、殺したいと思うたやろ」

「なむあみだぶつ」

「は、何やと」ヤマは手を止めた。

「なむあみだぶつや」

「何やそれは」

「念仏や。どんな悪党でもな、これさえ唱えたら極楽浄土に行けるのや」

「なむあみだぶつ、なむあみだぶつ」オレは弱まった炎を見つめて、繰り返し唱えた。

「お前、大丈夫か」

ヤマは期待が外れたような、怪訝《けげん》な顔をしていたが、またタコを削りながら、

「いっぺん悪事に手を染めたら、死ぬまで罪は消えへん。極楽どころか地獄に堕《お》ちても消えん」と独り言みたいに言う。

ヤマの言うように自分は悪党で、罪は消えなくても、今しばらくはキクとの暮らしを命をかけても守り抜きたかった。

タコを削る音が続いている。何年もこいつと寝起きをともにして、悪事を働いたのが遠い昔のことのように思える。だがそれは逃れようのない本当のことだった。だからオレは苦しい。苦しうてかなわん。こんなことが続けば頭がおかしくなりそうや。いや、いっそおかしくなって、ヤマをひと思いに始末したほうがええのかもしれん。

風に揺れる炎を見つめながら、オレはとめどない物思いに耽《ふけ》った。

三日経ったが、ヤマは穴ぐらから立ち去ろうとしなかった。朝飯をつくり、薪を拾い集め、自然薯《じねんじょ》まで掘りあてできてキクを喜ばせた。三人で炙《あぶ》った自然薯を食べてい

る時、「オレ、このまま冬越すまでおらせてもらうで。ええやろ」とヤマが言い出した。

「話がちがうやないか。今日中に出て行ってくれ」

「キクさんはいつ産んでもおかしくないし、お前はそばについていないとまずいやろ。飯も底つきかけとるし、オレが町でなんぼでも手に入れてきてやるさかい」

「そういうことやない」

「ほな、どういうことなんや」目は笑っているが、ヤマの声が少しきつくなった。

「どういうことなんか、オレからキクさんに話して聞かせようか」

「お前……」

「何やまずいことでもあるんかいな」

にらみつけたがヤマは鼻で笑い、自然薯をかじっている。

「ようわからしまへんけど、このままいてくれはっても、ええのとちゃいますか。いろいろ手伝《てつど》うてくれてはりますし」キクが口をはさんだ。

「キクさんの頼みなら、イチも、うんと言うしかないやろ」

「勝手にせえ」オレはやけくそ気味に、つい言い放ってしまった。

そうは言ったが、ヤマがこのまま何事もなく冬を越し、その後、立ち去るとは思えなかった。オレがやられるかヤマをやるかのどちらかだ。いつかけりをつけることになるだろう。そうなったら、また悪党に戻ってしまいそうだが、ヤマにキクとの暮しをずたずたにされ、むざむざキクを失うくらいなら、そうするよりほかなかった。

　ヤマのたくらみは意外に早く知ることができた。その日の夕方、晩飯をつくるために小川で水を汲んで戻って来た時、穴ぐらでヤマはキクに小声で話しかけていた。オレには気づかず、二人は話し込んでいる。

「そんなこと、うちにはできしまへん」

「イチのこと、気にしてるんか」

「イチさんには助けてもろうたご恩がありますよって」

「そんなもん気にせんでええさかい。赤子が生まれたらオレと三人で別の場所で暮らそうや」

「けど」

「お前、イチに惚れてるんか」

「そういうのはわからしません」

　怒りで体がふるえた。これ以上ヤマに言わせないように足音をたてて穴ぐらの中へと入って行った。ヤマはすぐに話を変えたが、キクは気まずそうに俯いていた。オレは黙って鍋に稗と粟を入れ、水を入れてまた表に出た。火を熾《おこ》して鍋を仕掛けると、これからどうするか考えた。

ヤマはキクと赤子を売り飛ばし、あぶく銭を手に入れるつもりにちがいない。また怒りにふるえた。心が激しく揺れ動く。ヤマから「イチに惚れてるんか」と訊かれた時、なぜ「わからしません」とキクは答えたのか。キクは「ご恩がありますよって」と話していたが、そんなもんではないと思う。そう言われても、ちっともうれしくない。オレがキクの口から聞きたいのはそんな言葉ではなかった。だが今はヤマの野郎を何とかすることが先や。一日でも早うヤマをオレのこの手で始末しなくては。

晩飯の間、ヤマは一人で喋って笑っていた。キクはときどきあいまいな笑みを浮かべるだけで、オレの様子をそれとなくうかがっているのがわかった。オレは黙って粥を啜《すす》っていたが、早くけりをつけたくてうずうずしていた。

「今朝は冷たいこと言うてすまんかったな」食べ終わってからオレはヤマに謝った。「よう考えたらキクのお産もオレ一人では大変やろし、お前がいてくれてたら安心やと思てな」

「こっちこそ悪かったな。せめて三日と言いながら、冬越すまで厄介になることになって。まあ昔みたいに仲良うやろうや」白湯《さゆ》を啜りながらヤマは言う。わずかな表情の変化も見逃すまいとじっくり見つめたが、ヤマは本心で、そう思っているように見える。

「そうと決まれば久しぶりに一杯やらへんか」オレは酒を飲む手つきをした。

「お、酒か。ええな。ほな明日の朝、町に行って酒を手に入れて来るわ」

「あてはあるんか」

ヤマは鼻で笑った。

「ここ、ひとつでどないでもなる」

自分の頭を指で突ついた。

ヤマはそれほど酒に強くない。酔っ払うとすぐに寝込んだ。

「よろしおしたなあ」何も知らないキクは喜んでいる。

三人の吐く白い息を、オレは何を思うでもなしに眺めた。火は燃え続け、風はなく木の葉を揺らすこともなかった。冬だというのに、地虫の声が聞こえる。

キクがその静けさを埋めるように、

「ヤマさんは都の生まれなん?」と訊いた。

その時、ヤマの顔つきがいつになく真面目《まじめ》になった。

「オレか……オレは、都の、草むらの生まれや」

「草むら？」

「そうや。河原の草むらで、親と暮らしとった」

「父《とと》さまと母《かか》さまがいてはったんやね」

「……二人ともろくでもない奴《やっ》やったがな」ヤマの声が暗くなった。「特に父親はクズやった。酔っ払ってはオレをよう殴って、背中に焼け火箸《ひばし》を押しあてたりしてな……それで逃げ出したのや」

「ふーん、気の毒になあ」

さっきはこのオレから逃げる話をしていた二人の、何事もなかったかのようなやりとりに悋気《りんき》にかられた。キクはヤマに惹《ひ》かれているのかと疑い、二人のやりとりを断ち切ろうとしてオレは言った。

「キク、ここにおったら冷える。お前は穴ぐらに入って寝なあかん」

「へえ、ほなお先」キクはお腹を抱えて、「よいしょ」と立ち上がり、穴ぐらの中に入った。

ヤマのほうに目をやらず、炎を見つめて、明日のことを想《おも》う。「与えるのや、欲しがるのやないぞ」と上人からきつく言われたが、やはりオレは欲しがっていた。

翌朝早くヤマは飯も食わないで町へ出かけて行った。朝飯をすませた後、「昨日、オレがおらん時、ヤマに何か言われんかったか」とキクに訊いてみた。

キクはきょとんとし、黙っている。

「ヤマには気ぃつけなあかんど。あいつは悪党やからな」と釘《くぎ》をさしておいた。

キクは一瞬変な顔でオレを見た。何か言いたそうだったが、黙って小さくうなずき、重そうにお腹を抱えてのろのろと穴ぐらへと入って行った。キクが何を考えているのかわからない。もともと口数の少ない女だ。一緒に逃げようという、ヤマの誘いを真剣に考えているのか。そう疑いはじめると、気が気でなくなった。

ヤマは陽が傾きかける頃に帰って来た。手には酒の入った大きな瓢箪《ひょうたん》を二本提げていた。

「さすがは都や。流行《はや》り病《やまい》で腐りきっていても、酒はこの通り、まだ手に入る」ご機嫌な様子でオレに瓢箪を一本差し出し、「キクさんにも土産や」と懐からちまきを出してキクに手渡した。

「わあ、ちまきや」キクはガキみたいに声をあげて喜んでいる。

「好きか」

「大好きどす」

二人のやりとりに苛立《いらだ》ちが募る。

「腕は鈍ってないようやな。それに相変わらず手が早いな」

「これやからやめられんのや」ヤマは不敵に笑った。

キクはちまきを開いたが、見つめたまま食べようとしない。

「どないした」

オレが訊くと、キクはさびしげに笑みを浮かべて、

「母さまのちまきを思い出したんどす。ようこしらえてくれはって……ほんまに美味《おい》しかった」と沁《し》み沁《じ》みと言った。

「そうかあ……もういっぺん食べたいやろなあ、母さまのちまき」ヤマはいわくありげにオレを見る。どの口が言うのかとにらみ返したが、ヤマは知らん顔をし、キクはちまきを頬張った。

「おいしい」

「そやろ。母さまのちまきにはかなわんやろけどなあ」

「イチさんもどうどす、一つ」

「いらん」

オレは瓢簞の酒をひと口、あおった。どろりとして濃く、甘酸《あまず》っぱい味がした。これならヤマは早く寝込むにちがいない。にわかにあたりは暗くなり、遠く、どろどろと時季外れの雷が鳴り出した。

雨が近いと見て、その日の晩飯は穴ぐらの中で食べた。ヤマは洛外で出会った、追いはぎにあった旅人の話をはじめたが、酒が進むにつれ、だんだんと呂律《ろれつ》がまわらなくなってきて、体が前後に揺れ出した。稲妻が走り、雨が降り出した頃には横になって寝入っていた。

「大丈夫どっしゃろか」とヤマを気遣うキクに「こんな奴、どないなってもええのや」とオレは呟《つぶや》いて自分の帯をほどき、そっとヤマに近づくと、その両手を後ろ手にして縛ろうとした。

「何しはるんです」

「こいつはな、赤子もろともお前を売り飛ばそうとたくらんどるんやぞ」

その時、ヤマが素早く起き上がり、懐から刀子を取り出し、オレの胸めがけて突き出した。キクが悲鳴をあげる。オレは刀子をかわして飛び退《の》いた。

「こんなことやろうと思ってたで」

ヤマは唾《つば》を吐き捨ててオレを見た。焚火の炎に映る奴の目が意地悪く光り、キクとオレとを交互に見た。今すぐオレの悪事をキクにばらしてやると、その目が言っている。稲妻が走り、引き裂くような大きな雷の音が鳴り響いた。二人のやりとりをキクに聞かれないように、ここは表に出てやり合ったほうがいい。

「キク、お前はここで待ってるんや。おいヤマ、表に出ろ」

「お前、何を怖がってんのや」

「うるさい!」

オレは落ちていた瓢箪をヤマに投げつけた。ヤマが一瞬ひるんだ隙《すき》をついて飛びかかり、刀子を持った腕をつかむと、そのままもつれるように表へと転がり出た。雷の音と激しい雨が降る中でオレたちは揉《も》み合い、ヤマがオレの手を外して素早く離れて立った。オレも立ち上がってヤマと向き合う。稲光にヤマの握る刀子が光る。雷の音が森中に響き渡った。

ヤマを穴ぐらからできるだけ遠ざけるために、オレは森の中へと足を進めた。ヤマはその誘いにはのって来ず、高笑いした。

「お前、そんなにあの女にあの晩のこと知られたくないんか。無駄なことや。惚れても一緒にはなれん。そんなことオレに言われんでもわかるやろ」

血がたぎった。飛びかかろうとしたが、ヤマは刀子を振り翳してオレの動きを止めた。

「イチよ、お前はオレの仲間や。同じ悪党やないか！」

「オレとお前とはちがう！　オレは変わったんや！」

ヤマはまた高笑いをした。

「オレを殺したとてキクの母親を殺めたお前の罪は一生消えんのや！　お前のその醜い火傷痕《やけどあと》と一緒でな！」

「オレは悪党やない！」

「アホか。悪党ちうのは死ぬまで悪党で、罪は消えん！　ふん、往生際の悪い、情けない奴やで！」

稲妻が走り、間近で地面を割るような大きな雷の音が鳴り響いた。その瞬間、ヤマが飛びかかって来て、揉み合いになって転がった。あたりは地面を叩《たた》く雨音に包まれている。ヤマはオレの上になり、刀子の切先《きっさき》をオレの喉《のど》めがけて突き刺そうとする。切先が近づいて来るのをどうにか横に払い、刀子を取り上げようとまた揉み合った。突然ヤマの動きが止まり、唸《うな》り声をあげて転がった。見ればその腹に刀子が突き刺さっている。

「痛い、痛い……」

　ヤマは自分で刀子を引き抜いて投げ捨て、腹をおさえて身をよじらせた。

　稲妻がヤマの体をあらわにする。痛みに苦しむヤマの顔を雨が叩いていた。手でおさえても腹からはどくどくと血があふれ、降り注ぐ雨と混ざって地面に流れ出している。このまま放っておけば死ぬだろう。

「イチ……助けてくれ……痛《いと》うてかなわん……イチよお……助けてくれよお……」ヤマは細い骨張った青白い手をオレのほうへ伸ばし、声を振り搾《しぼ》る。

　オレは動かなかった。死ねば森の奥深くにむくろを捨てればそれで済む。

「助けてくれよお……痛い、痛い……助けてくれよお」細い目でオレに訴えかけてくる。「まだ死にたない……」

「お前はオレを二度も殺そうとしたんやど」

「イチよお、助けてくれよお……」ヤマは手を伸ばしオレをつかもうとしたが、空をつかんだだけで、そのまま地に落ちた。

「なむあみだぶつ」の念仏が咄嗟《とっさ》に口をついて洩《も》れていた。

「クソッ」と吐き捨て、ヤマを背負うと雨の中、ぬかるんだ地面を蹴《け》って駆け出した。

　羅城門に着いた頃には雨もあがっていた。暗い雲が風に流れて赤みがかった朝焼けの空がかすかに見える。頼れる場所は施薬院《せやくいん》しかなかった。あそこには小柄な医者がいて、あいつをつかまえるしか手立てはないと思った。ヤマの息がだんだんと弱くなっていく。背中がヤマの血で冷えてゆく。オレは水溜《みずた》まりに足をとられながら必死に走った。

施薬院は前と変わらず庭にはむくろか病人かわからないような者たちが隙間なくびっしりと寝かされ、使用人が端からむくろを運び出していた。広間に入ると、すぐに手伝いの女たちに引き止められた。女らは相変わらず手拭《てぬぐ》いで鼻と口を覆《おお》っている。「勝手に入ったらあかん」「病がうつる」と口々に言ったが、オレはかまわなかった。

その向こうであの小柄な医者がガキを診ているのが見えた。

「おい！ こいつを頼む！」

医者はジロリとオレのほうを見た。

「またお前か。なんべん言わせるのや。ここはあかん。表に出せ」

オレは表に出て、ヤマを地面に寝かせた。医者は手首の脈を取り、ヤマの目を開け、傷の具合を診ていたが、「お前がやったのか」と眼を吊《つ》り上げてオレをにらんだ。

「襲ってきたのはこいつや。自分で自分を刺したんや」

女が大きな壺《つぼ》と布切れを抱えて駆けて来た。医者は壺の中から茶色のドロドロとしたものをたっぷりすくってヤマの傷口に二度三度と塗りこんだ。そのたびに唸ってヤマは身をよじって反らす。

「気がついたな」

女がヤマの身を起こして着物を脱がすと、布切れをその腹に何重にもきつく巻きつけて縛り、また着物を着せて寝かせた。

「助かるんか」

「さあ、しばらく様子を見んとわからんな」

「今度はハラボテやなく、ケガ人や。ここで面倒みてくれるんやろ」

「こんなとこでよかったら置いていけ」そう言いながら医者はヤマの顔をジッと見つめている。「けどこいつ、かなりの悪党面《あくとうづら》をしとるな」

「根っからの悪党やからな」

「身内はおらんのか」

「おらん」

「お前はこいつの何や」

「何でもない」

医者は変な顔でオレを見ていたが、

「時にお前、あのおなごはどうなった。赤子は生まれたか」

「まだ生まれとらん」

「さよか」と言って医者はオレの顔を見つめた。「お前はイチというのやろう。上人さまの弟子か」

「ちゃう」自分でも驚くほど即座に答えた。「上人なんか、知らん」なぜそんなことを言ったのか、自分でもわからなかった。

「いずれにせよ奇特なことや」医者はそう言い残して、広間の中へ戻って行った。

オレは少しの間、痛みに顔をゆがめるヤマを見ていたが、その耳もとに口を寄せて、「ヤマよ、ここにおったら大丈夫やさかいな。二度とオレのところには来るなよ」と囁いた。ヤマはうめくように何か言ったが、かまわず施薬院を後にした。

歩きながら、キクが赤子を産んで動けるようになったら、すぐに都を出ようと考えた。ヤマは治ればオレたちのところへ戻って来ないともかぎらなかった。穴ぐらを出たとしても、都におればいずれは見つかるだろう。それならいっそ遠くで暮らしたほうがええ。

心の奥底では、ヤマが死んでくれれば片がつくと思っていた。ヤマさえ死ねば、キクにオレの悪行はバレず、何もかもうまくいく。でも、死ねばいいというその考えに嫌気がさし、心に重くのしかかってくる。

ヤマはオレに「いっぺん悪事に手を染めたら、死ぬまで罪は消えへん。極楽どころか地獄に堕ちても消えん」と言ったが、ほんまにそうやと思う。このオレは、悪党ちう死ぬまで治らん病にかかっとるのや。

気づけばオレは墓場に立っていた。すっかり汚れてしまった自分の姿を上人にさらして、どんな言葉でもいいからかけて欲しかった。だが上人はおろか誰一人いない。無数の墓の間を、乾いた冷たい風が吹いて砂が舞っているだけだった。

その光景を眺め、お前は悪党のままで、何も変わっていないと言われているような気がした。すでに陽は沈みかけ、夜闇が迫っていた。悪党から足を洗うのや、それはキクのためやとうそぶいて、オレはキクの待つ穴ぐらへと向かって歩き出した。

九

穴ぐらにキクの姿はなかった。オレはヤマを縛ろうとした帯を拾って締め、表に出た。満月だった。あたりにキクがいる気配はない。言い知れない焦《あせ》りをおぼえて森の中を探しはじめた。

夜の森には、冷えた緑の匂《にお》いが籠《こも》っている。夜露に濡《ぬ》れた木の葉が鈍く光っていた。それをかきわけ、滴《しずく》を飛ばしながら夢中で探し続けた。雨を吸ったやわらかい土を踏んで歩くと、痛いほどの冷たさが足もとからたちのぼってくる。

不安と恐れが頭をよぎり、思わず足を止めた。ヤマと揉《も》み合った時のことを思い浮かべ、きっとそうだと勘づき、鳥肌が立った。キクはオレとヤマとの言い争いを聞いていて、オレが母親を殺《あや》めたことを知ったのではないか。

体がふるえ出す。その時はっきりと感じた、キクを失うのは絶対に嫌だと。失えば自分がどうなってしまうのか。考えることすらおそろしい。

キクは森の中にいるはずだ。でも森は広くて暗い。見つけることはそう易々《やすやす》とはできない。ひとまず穴ぐらに帰ろうとしたが、小川のほうを探していなかった。

キクは小川の縁にいた。足を投げ出し、背中を向けて座っている。満月の光がキクの姿を浮き彫りにする。見つけたという安堵《あんど》は一瞬で消え、おそろしさがこみ上げてくる。だがまだあのことを聞いたとはかぎらないと、わずかな望みを持ち、キクに近づいて行った。

「こんなとこにずっとおったんか。赤子のためにならんど」声をかけたが、おびえた声だと自分でもわかった。

キクは返事もせず、背中を向けたまま、石のように動かない。その気配に、やはり聞いて知ってしまったのだと思った。黒髪に月明かりが当たってかすかに光っている。キクの吐く白い息だけが別の生きもののように暗闇《くらやみ》にあらわれては消えてゆく。黒々とした水面に満月が映って揺れていた。水辺のせいか、このあたりは寒さも増して冷え込んでいる。キクを穴ぐらに連れて帰り、火を焚《た》いて温めてやらねばと思った。

「さ、ここは冷えるさかい、穴ぐらに帰るのや」

だがキクは動かない。どうしようかと思案したが、もうあのことを言うしかないような気がした。オレはキクの後ろにしゃがんで、

「……お前、オレとヤマが話してるのを聞いたのやな」と話しかけたが、キクは黙っ

ていて、振り向きもしない。

ただ吸っては吐く息遣いだけが聞こえ、おそろしさをかきたてる。何か言わなくてはと思ったが声が出て来ない。オレは満月を見上げた。キクは小川の流れに眼を向けたままだった。

「すまなんだな……お前にはほんまに悪いことしたと思うてるのや……」

それしか言いようがなかった。かすかに水の流れる音が聞こえる。静けさが身に沁《し》みる。

「なんぼお前さまが悪いと思うたかて……」と言うキクの声に身が強張《こわば》る。「殺められたもんは二度と生き返らんのや」

その低い声に強い怨念《おんねん》が宿っている。

もう終わりだと思った。キクはのろのろと立ち上がった。オレをにらみつけ、「この悪党」と搾《しぼ》り出すように叫んだ。「うちの父《とと》さまと母《かか》さまを返せ」

オレは水を浴びたみたいに体が縮みあがった。キクはオレから視線をそらし、小刻みにふるえている。

「もう顔も見とうない」

オレはキクの母親を殺めたことを今さらのように思い知らされた。

「与えるのや、欲しがるのやないぞ」

上人の言葉が聞こえる。オレにはそれができなかった。

「心配せんでええ。オレの代わりにババアにここに来てもらうさかい。穴ぐらで待っとれ」

キクに背を向けて行こうとしたその時、キクの動く気配がして、「悪党！」と今度は撥《は》ねつけるような叫び声がして、森の中に響き渡った。

涙声だった。オレはその声に押し出されるように歩き出す。キクの口から悪党と言われて、キクとの暮らしもこれで終わりだと思った。崖《がけ》から突き落とされ、地面に叩《たた》きつけられたような衝撃が走る。

夜が深くなる。息は白く、体が一瞬で凍える。ほうぼうで鴉《からす》が鳴きはじめ、木々の間をすり抜けて羽ばたく音が聞こえた。歩こうとしたが、足がなかなか前に出ない。何とかもたつきながら歩き出したが、ババアのところまで行き着けるのか覚束《おぼつか》なかった。

とにかく行けるところまで行こうと思い、でこぼことした冷たい道に足をとられながら歩く。途中、何度も足が止まり、座り込んだ。

昔のオレが懐《なつ》かしくなった。クマとヤマと勝手気ままに好きなことをして生きていたあの頃なら、キクみたいな女はさっさと捨てるか売り飛ばしていた。キクとの縁が切れたのだから、昔の自分に戻ってもいいのや。何ものにも縛られないで、好きなように生きればええとも思う。

だが、キクを失って、どうやって生きていけばいいのだろう？

阿呆《あほう》のように詮《せん》ないことを繰り返し思い続けながらオレは立ち上がり、また歩き出す。羅城門《らじょうもん》を潜《くぐ》り、四条河原に向かって歩き続ける。月明かりの中の夜の都は死んだようだ。途中、見廻りらしい男たちが松明《たいまつ》を掲げながら歩いていたが、見つかって面倒にならないように身を隠して歩いた。

河原に着いてババアのボロ小屋の前に立ち、声をかけようとしたがやめた。中から「なむあみだぶつ」を唱え続けるババアの声が聞こえる。ずいぶん長い間唱えていたのか、その声はかすれている。どうするかためらっていると、気配を感じたのか声が止《や》んで、

「誰や」と大きな声がした。

「オレや。頼みがあって来たのや」

「クソガキか。入れ」

言われるまま小屋の中に入った。小さな炎が目に入った。欠け皿の油に浸した紐《ひも》を燃やしている。それを前にババアは正座をしていた。きちんと髪を整えて後ろで束ね、頭には白い布を巻き、いつもとはちがって見える。

「頭を下げんか、この礼儀知らずが」

オレは座って頭を下げた。

「生まれるのか」

「いや、そうやないのや」

「ほな何や」

「オレの塒《ねぐら》に来てくれ。お産までキクの面倒をみてやって欲しいのや」

「何でお前がみてやらん」

「それは……いろいろあってな」

「お前、産み月やというのに、おなごに悪さをして嫌われたか」

「そうやない、そんなことしいひん」

「なら、どないした」ババアの口ぶりは、わけを聞くまで頼みはきいてやらんといったふうだった。オレは覚悟を決めて、仲間とキクの家に押し込んだことをあらいざらい話した。その間ババアは口をはさまず、少し首を傾《かし》げて、途中からは目を閉じて聞いていた。

話し終わってもババアはしばらく黙っている。欠け皿の紐が燃える音がやけに大きく聞こえる。ババアは目を開けてオレを見た。

「お前はすまんと謝ったのやな」

「そうや」

「それを聞いたおなごは、どないしたのや」

「悪党と言われた」

「それだけか」

「父さまと母さまを返せ……顔も見とうないと」

「そうか」ババアはそれきり黙り込み、宙を見ている。

「いつはじまってもおかしいない。早《はよ》う行ってやって欲しいのやが」

遠慮がちに言うと、ババアは宙を見たまま、

「わては今は行かれへん」ときっぱりと答えた。

「何でや」

「あと三日は、ここで念仏を唱えなあかんのや。ほんまやったらお前とも口をきいたらあかんのやが、大切な空也上人さまから預かったガキや。おろそかにはできん、し

ようことなしや」ババアは小さく笑った。

「念仏なんか後でもできるやないか」

「アホ。わてには後ではならんのや」ババアの目つきが突然おそろしくなる。「死んだ子らの供養《くよう》じゃ……今日は命日でな」

そういえばババアは十五人の子を産んだと上人から聞いていた。死んだ子らなら後まわしでもええやろうと喉《のど》まで出かかったが、鬼のようなババアの顔にむかって、そうは言えなかった。

「お前にはわからんやろ。子に先立たれた親の思いがどれほどのものか」その表情がほどけた。

「十五人みんな死んでもうたわけやないやろ」

「てめえの腹を痛めて産んだ我が子やぞ。十五人死のうが一人死のうが同じことや」

来てもらえないとしたら、どうすればいいのか、キクと赤子はどうなるのかと思って不安になった。

「ほな、どないしても三日の間は行ってもらえんのか……そんなに念仏が大事なんか」力なくオレが言うとババアは黙り込み、考え込む。

どこかで犬が長々とひと鳴きした。冷たい隙間風《すきまかぜ》に炎が揺れ、ババアの顔が一瞬暗

くなる。ババアは俯《うつむ》いていたが、何か意を決したように顔を上げて、

「わての子はな、お産の時に死んだのでも、病で死んだのでもない。わてがこの手にかけて殺めたのや」と静かに言った。

「自分の子を殺めたのか」

「お前が本当のことを言うたからには、わても言わねばならんな……もうずっと昔のことや。わてが東国で百姓をやっておった頃に戦があってな。夫とわては子たちを連れて、村の者たちと一緒に村を捨てて山に逃げた。戦をやりよる奴《やつ》らは百姓と見れば、見境のう襲うて、食いものを奪って女を手込めにし、抗《あらが》う奴を斬《き》り捨てておった。わてには一番下の生まれたばかりの乳飲み子を抱えて逃げておったが、逃げ切れんようになって村の者たちと洞穴に隠れた。ところが、わての赤子が火がついたみたいに泣いて泣いて泣きやまん。戦の奴らが気づく言うて、そのうち村の者たちが間引けと言い出した……あの時は追いつめられて、戦で何もかもめちゃくちゃになっておった……わてらの頭もおかしゅうなってな、それで誰かに殺められるくらいなら、いっそわてがと思うて、この手で我が子の鼻と口をふさいだ……」

　オレはババアの面《つら》を見た。ババアの目はいつの間にか炎を見つめている。その目には炎しか映っていない。言い知れない怒りがこみ上げてくる。

「そんなもん戦やさかい、しゃあないやないか。赤子の息の根を止めんと村の奴らも身内もみな殺しにされてしまうのやからな」

ババアは小さく笑った。

「それがなあ、結局見つかってしもて、村の者も、夫も殺められて、わてはかろうじて三人の子を連れて逃げのびたが、その子たちもこの都に来る前に流行《はや》り病《やまい》で死んでしもうた」

「……ほな、十五人のうち生き残っとるのは」

「さあ知らん。あの時散り散りになってしもうたさかいな……今さら会えるとも思わんし、考えとうもないわ……お前がまだ影も形もなかった、昔の話や。が、忘れへん。忘れられようもない」

ババアは手にかけた赤子ひとりのために念仏を唱えていたのではないのだろう。十五人のガキたち、いやこれまで自分の手で取り上げた赤子たちを想《おも》って唱えているにちがいない。欠け皿の小さな炎が、ガキたちそのものに見えた。何を言う気にもなれなかった。自分はババアに何もしてやれない。オレの気持ちを察してか、ババアはやけに声を明るくして、

「せやからな、こればかりは、上人さまに頼まれても行かれへんのや。三日経《た》ったら

行ってやる。もしその間に生まれそうな時は、この前お前に教えたやろう。あれをやればええ。何も恐《こわ》いこともあらへん……ただな」と言ったところでババアの声が変わった。「人の生き死にちうのは、神や仏でもどうにもならん。いつなんどき、どうなるかわからん。それだけは心しておけ」

「……わかった」オレは力なく言った。

「心配ない。さ、念仏の邪魔や。おなごのもとに、はよ帰ってやれ。追い返されても、そこにおったらええのや。それからな、お前が思うとるほど、おなごいうもんはわかりよいものではないのや。男が知ろうとすればするほどわからんようになる。さ、はよ帰れ」そう言うとババアはオレに背を向けて手を合わせ、「なむあみだぶつ、なむあみだぶつ」と唱えはじめた。

オレは小屋を出た。鴨川の暗い流れが見える。冷たい風の中に青臭い川の匂いが漂う。夜空を見上げながら、優しいババアだと思った。ババアの言った通り、早くキクのもとに帰ってやろうと思った。

羅城門を潜り歩いていると、後ろから足音がついて来る。明らかにオレよりも早く、小走りに近い。こんな夜中に旅人が歩いているのも怪しく、追いはぎかもしれない。

逃げようとしたが、疲れた足は思うように動かない。そうこうするうちに足音はすぐ後ろにまで近づいて来て、

「もし」と男の声がした。

振り向くと、男の影が見えた。

「この先にイチというお人の小屋があると聞いたのやが、ご存知でないか」

「イチはオレやが」

「やっぱりそうやったんか。そのあたりに他に小屋はなさそうだし、そうやないかと思って追って来たのや」

「何の用や」

「吾《われ》は施薬院の使いの者で、お医者に言い付かって来たのやが、傷を負ったお前さまの身内が危ないよって、すぐに来てくれということや」

「身内……ああ、あれは身内やないさかい放っておいてくれ」

「けど、お前さまの名を呼び続けておるという話でな」

その時また「なむあみだぶつ」が思い浮んだ。身も心も疲れ果てていたこのオレに「なむあみだぶつ」に抗う力は残っていない。男にうながされるまま、後について施薬院へと向かった。

庭にはいくつかの松明が灯《とも》され、相変わらずむくろが端から運ばれて行った。オレを見つけたあの小柄な医者が「こっちや」と手を上げた。オレは並んだ病人たちをまたいで、医者のもとへと行った。

医者はぐったりとしたヤマの首筋に指を当てて、脈を取っていた。

「間に合《お》うたな。向こうに井戸があるさかい、死に水を取ってやれ」医者はそう言って立ち去りかけたが、振り向いて「その井戸にはちゃんと手を合わせておくのやぞ。上人さまの掘られた、ありがたい井戸やさかいな」と言って広間へと入って行った。

言われんでもわかっとると思い、オレは井戸に行き、手を合わせて釣瓶《つるべ》で水を汲《く》み上げ、柄杓《ひしゃく》ですくってヤマのもとへ戻った。ヤマを起こして柄杓の水を口もとへと持って行くと、蛇みたいに細長い舌を小刻みにふるわせて、二度三度と水をなめた。うっすらと目を開けて、オレを見る。

「しょうもないのう」ヤマはかすれた声で呟《つぶや》く。

「何がしょうもないのや」

「何もかもや……クマよりもしょうもない」

「まだ飲むか」オレは訊《き》いたが、その声はもう届いていないようだった。

「これでもお前やクマに、ちっとは悪いと思たんやで……けど、首刎《は》ねられとうなかったさかいなあ……しょうもないのう……こんなんで死ぬんか……しょうもない」

ヤマの顔が悲しみでゆがむ。死ぬ間際《まぎわ》になってやっと、本当の自分をさらけだしている気がした。オレはヤマの耳もとに口を寄せた。

「ヤマよ、なむあみだぶつを唱えるのや。なむあみだぶつ、なむあみだぶつ」

「……なむあみだぶつ、なむあみだぶつ」

「そうや、そしたらなんぼ人殺しても極楽浄土に行けるんやど。なむあみだぶつ、なむあみだぶつ」

「なむあみ、だぶつ……なむあみ、だぶつ……」右の目じりにうっすらと涙がにじんでいる。こいつにも涙があったんかと驚いた。

突然きつい風が吹いてきて、火照《ほて》った体が冷える。風に煽《あお》られ、松明の灯りに映るヤマの顔が明るくなり暗くなる様を見つめていた。ヤマの口と鼻から小さな息が洩《も》れる。

こいつはやりたいことをやって死んでゆく。人をたくさん殺めたのに「なむあみだぶつ」で救われて、オレにみとられて死んでゆく。死んだらもう何も思うこともあらへん。きっときれいに何もなくなるのや。ヤマがうらやましくなった。それにひきかえこのオレは、何もかも失《な》くして、ずっと苦しい、つらいばかりやないか。

ヤマに憐《あわ》れみを感じつつ、オレも早くこうなりたいと思う。

ヤマの口がかすかに動く。オレはその口に耳を寄せた。ぬくい小さな息が、オレの耳をくすぐるようにかかり、

「……母《かあ》さん」と囁《ささや》く声が聞こえた。

その言葉に胸をえぐられる。ヤマを殺したくなる。それはジンを憎んで裏切った気持ちと似ていた。ヤマの小さな白い息遣いが、さらに小さくなって聞こえなくなった。その顔には痛みに苦しんでいた影はみじんもなく、さびしそうに微笑《ほほえ》んでいて、閉じた右の目の縁に涙の粒を残している。ヤマはもう息をしていない。その顔を見てまた殺したくなる。

「なむあみだぶつ」オレは思わず唱えた。

きつい風がまた吹きつけてきて、体が縮むような寒さをおぼえる。医者が二人の女とともに近づいて来た。医者はヤマの首筋に指を押し当て、死んだことを確かめると手を合わせた。

「すまんが着ているものをもらうぞ。これは決まりでな」と言い、女二人がヤマの血で汚れた着物を剝《は》ぎはじめた。

こんな着物でも誰かの役に立つのなら、それもよく、黙ってその様を見ていた。着

物が脱がされると、ヤマの背中に数え切れないほどの火傷痕《やけどあと》が残っていた。父親から焼け火箸《ひばし》を当てられたという痕にちがいなかった。

「悪党やが、かわいそうな奴やったのかもしれんな」火傷痕を見ながら、医者が呟く。

素っ裸のヤマを残し、医者と女たちは立ち去った。オレはヤマの背中を見つめていた。火傷痕の数だけ、ヤマは父親を憎み、世の中を憎んだのだろう。せめてオレの手で弔ってやろうと思い、ヤマを背負って歩き出した。

墓場に行くと、焚火を囲んで酒盛りをしている男たちがいた。男たちは大きな笑い声をあげていたが、オレのほうを見向きもしない。クマが嫌がるだろうからと、クマの墓とはだいぶ離れた場所に行き、穴を掘りはじめた。

「なむあみだぶつ、なむあみだぶつ」念仏を唱えながら、雨を吸ってやわらかくなった土を両手で掘っていった。

「なむあみだぶつ」とヤマも唱えたのだから、きっと極楽浄土に行けるはずだ。千人万人殺めた奴でも行けるというのなら、ヤマが行けないはずはなかった。

土の中は生あたたかかった。幾匹かのミミズが出て来て、その身をよじらせていた。こんなところにまで人肌のようなあたたかい生きものがいるなんて、信じられなかった。

掘り終えると、ヤマを抱き上げ墓穴の中に入れ、土をかぶせてやった。時おり触れるヤマの体のやわらかさを手に感じた。痩《や》せていても肉はついていた。土を盛り、その場に座り込んで息をついた。

顔から冷たい汗が滴《した》り落ちた。土の中だけが人の安らげる場所に思えてきて、クマやヤマの野郎は、さぞ満足だろうと思った。オレたち悪党は、たった一つ、死ぬことだけが世の中のためになり、よいことをしているのかもしれない。このオレも死ねば、誰かの役に立つのかと思うと、少しは心が軽くなる。

好きでこうなったわけやない。いや、好きで悪党になる奴なんかおらへん。どこのどいつであろうと、お腹《なか》いっぱい食べさせてもろうて、ええべべ着せてもろうて、ふた親に愛《め》でてもろうて、屋根のついた家に住んでいたら、悪党なんかにはならない。オレたちはどこで、どうまちごうたんかな。

泣きたいような心持ちだったが、泣けなかった。頭の中が空っぽになってしまった。心も動かない。泣いたり怒ったりできないのはつらい。オレは歩き出せず横になった。

濃い霧が風に溶けはじめている。オレとキクは森の中を歩いていた。森の木々の色合いがずいぶん変わったように感じる。湿ってやわらかくなった落葉を音もたてずに踏んで、ゆっくり歩いていると、キクが手をつないできた。ふっくらとした小さな手は冷たかった。オレは赦《ゆる》されたのかと思ってうれしくなったが、なぜキクが赦す気になったのかはわからない。

小川に出ると、冬だというのに紅《あか》や白の草花が咲き乱れ、陽の光を浴びて輝いている。キクは花を摘みはじめた。オレは花の香りの中で、その様を眺めていた。

二人でいるこの時がずっと続けばいいのにと思った。ヤマは死んだ。赤子が生まれて流行り病が落ち着いたら、ここを出て洛中《らくちゅう》に三人で住むのがいいかもしれないと考えた。そうすれば上人のそばにいられるし、オレたちは安心して暮らしてゆける。

キクと寄り添って寝る時にオレは自分の考えを話して聞かせた。キクは小さくうなずいた。オレはふるえるような喜びを感じて涙が出そうになる。キクに口づけをしようと抱き寄せ、唇を重ねようとした時、キクの首が離れ、敷き詰めた藁《わら》の上に鈍い音をたてて頭が転がった。

自分の叫び声で目がさめた。オレはヤマの墓のすぐそばで寝ていた。夢を見ていた。夜はまだ明けていない。風もなく、暗く冷たい霧が立ちこめている。酒盛りの男たちの姿もすでになく、静まり返っていた。オレは体の節々に痛みを感じながら立ち上がる。体が疲れ切って重い。とにかく穴ぐらに帰らなくてはと思い、歩き出した。

ついさっきの夢がオレをとてつもなく落ち込ませた。赦されたという思いが打ち砕かれ、キクに会うことがおそろしくなっている。だがそれでもキクのそばにいてやらなければならない。どれだけ嫌がられても、罵《ののし》られても、たとえ刀子《とうす》で刺されても、赤子が無事に生まれるまではキクのそばにいてやろう。キクのお産を見届け、ヤマのように死んで楽になるのやと思った。キクが逃げ出し、どこか遠くで赤子を産んで、悪党でない男と一緒になるなら、それでもいい。

鼻の奥がつんとなって、目に涙がにじむ。何の涙かわからなかった。親に会うというのは、こんな気持ちなのかもしれない。背中にまだヤマの重みが残っている。なぜ助けようとしたのか。自分自身の汚《けが》れを払いたかったのかもしれない。

十

藁《わら》屋根から朝陽が射《さ》し、薄暗い穴ぐらの中が明るい。冷え切った焚火場《たきびば》のそばにキクは座っている。オレは近づいていくことができず突っ立っていた。時おり風が吹いて背中を押すが足が動かない。キクが逃げないでここにいる恐ろしさと喜びがないまぜになって、がんじがらめになる。

キクがオレに目を向けた。朝陽の当たるその顔は泣きはらしていた。キクは何か言いたげで、唇は小刻みにふるえている。言葉を待ったが、キクは恨めしげにオレを見つめるだけで何も言わない。

気持ちを奮い立たせる。話すことは決めていた。

「お前の言う通りオレは悪党やし、お前の父《とと》さまと母《かか》さまをお前に返してやることはできひん。せやけど、お前にどれだけ恨まれようが憎まれようが、赤子が生まれるまでは、お前のそばから離れへんからな」

キクの息遣いが荒くなり、オレのほうに手を伸ばそうとして前のめりに倒れ、苦しみはじめた。キクが座っていたあたりの藁筵《わらむしろ》はびしょびしょに濡《ぬ》れている。

お産だ！

叫ぶようにオレは思って穴ぐらの中に飛び込んだ。自分の手で赤子を取り上げるしかない。すぐにそう覚悟を決めた。気を鎮《しず》め、ババアに教えられた言葉を一つ一つ思い返そうとした。

湯を沸かすため火を焚き、水を張った鍋《なべ》をかけた。キクの両膝《りょうひざ》を立て、股《また》を開く。濡れた黒い小さな頭がすでに見えかかっている。

「キク、思い切り息を吸ってな、吐く時に下《しも》のほうに力を入れるんや」

キクはオレの言った通り、大きく息を吸って、長く吐き出すことを繰り返し、息《いき》んだ。吐き出すたびにキクは歯を食いしばり、唸《うな》り声をあげる。時おりキクを休ませながら、吸って吐いて息むを長く続けさせた。

赤子の頭がわずかに出てきた。それにともないキクの息む力も目に見えて弱まっていく。

「赤子の頭が見えとるぞ。もうひと踏ん張りや」オレは声を大きくして励ました。だがキクは気が遠くなるのか息んだ拍子にぐったりとなる。その都度キクの頰を叩《たた》き、気を呼び戻す。

鴉《からす》がしきりに鳴いている。いつの間にか午《ひる》になっていた。陽の光が藁屋根の真上から射し、小屋の中を眩《まばゆ》いばかりに照らしている。冬だというのにオレもキクも汗まみれになり、目を開けているのさえやっとなほど汗が滴《したた》った。

赤子の頭が少しずつ出て来る。痛みがひどくなっていくのか、キクの唸り声が獣のようにだんだんと大きくなっていく。身を引き裂くような声に、オレも叫びだしたくなる。だが赤子をこの手で取り上げるまでは、気を確かに持たなければならない。

ようやく赤子の頭が出た瞬間、キクは絶叫して身をよじり、気を失ってしまった。咄嗟《とっさ》にキクの頬を二度三度きつく打《ぶ》ったが、キクはぐったりとしている。オレはキクの上に乗り、両手で下腹を押して赤子の頭を引っ張った。赤子の頭はやわらかく、思わず力をゆるめた。押しては引っ張るを繰り返したが、肩のところが引っかかり、首から下がなかなか出て来ない。そのうち突然血があふれ出て来た。血は止まらず、オレはたじろいだ。何とか気持ちを立て直すと、血まみれの手で懸命にキクの下腹を押し、赤子の頭を引っ張る。赤子はじわじわと胎内から出て来る。ようやく血の中に小さな肩がわずかに見えた時、

「なむあみだぶつ、なむあみだぶつ」とオレは念仏を唱えはじめていた。

キクは虫の息になっている。赤みがかった赤子の顔も人形のように動かない。赤子

もキクも死んでしまうのか。激しい恐怖に襲われる。一心不乱に念仏を唱えながらオレは祈った。念仏を唱え、祈るしかなかった。

オレは死んでも、キクとこの子を救うてやってくれ。神様でも仏様でも鬼でも蛇《じゃ》でもええ、誰でもええさかい、どうかキクとこの子の命を救うてくれ……なむあみだぶつ、なむあみだぶつ……オレの命と引き替えでええ。頼むさかい、救うてやってくれ……なむあみだぶつ、なむあみだぶつ……今までたくさんのものを盗み、何人もの人を殺《あや》め、ひどいことをして生きてきました。そのぜんぶをここで謝るから、どうかキクとこの子を救うてやってください……ごめんなさい、ごめんなさい……なむあみだぶつ、なむあみだぶつ……もしこの子の目が見えないで生まれたらオレがその目になります。耳がきこえないなら耳になります。手足がないなら手足になります。口がきけないなら口になります。キクが望むなら喜んでオレの耳を削《そ》いで差し出します。ですからどうか、どうかこの子を、この子とキクを救うてやってください……なむあみだぶつ、なむあみだぶつ。

肩が出かかった時、オレは両手で包み込むように上半身を抱えて引っ張り出した。ズルズルと赤子は出て来たが、泣き声をあげない。ババアの教えを思い出す。片手で赤子の足を持って逆さにすると、もう一方の手で赤子の背中や尻《しり》を叩いた。

「なむあみだぶつ、なむあみだぶつ」

赤子は泣かなかった。どうにもならずにオレは赤子を抱きしめた。濃い血の匂《にお》いの中で、泣いてくれと必死に祈って頬ずりした。そうするより他に何もできなかった。

赤子が大きな産声《うぶごえ》をあげた。その短い手足で宙をかいてもがいている。今まで触れたことのないふっくらとした、やわらかい肌を感じた。血の匂いが消え、とろけるような甘い香りがした。速くて小さな心の音に、生きとると思い、胸が詰まって涙がこみあげてくる。

「なむあみだぶつ、なむあみだぶつ」

オレは泣きながら念仏を唱える。ありがたいと思った。頼るべきものが何もない時、「なむあみだぶつ」はありがたい。念仏を唱える。声をあげて泣いた。

赤子はおなごだった。オレは赤子のへその緒を噛《か》み切り、産湯に浸《つ》ける。自分の帯をほどき、赤子の体をきれいに拭《ふ》いた。赤子は泣き止《や》まない。腹が空《す》いているのだと思い、キクの乳を飲ませてやろうと、赤子を抱いてキクのそばへ行った。キクの顔色が唇まで白いことに気づく。死んではいない。少し開いた口から、小さな白い息がもれていた。

「キク、生まれたで。キク」

赤子を抱かせてやろうとしたが、キクはぐったりとしていて、赤子は滑り落ちそうになる。オレはキクの着物をはだけ、激しく泣き続ける赤子に乳首を含ませた。赤子は一瞬で泣き止み夢中になって吸った。

キクの手を握る。ぬくもりがあり、オレの手をわずかな力で握り返してくれる。それがうれしい。何としてでも助けなければと思った。

「キク、今医者のとこに連れて行ったるからな」

オレの懸命な呼びかけに、キクはうっすらと目を開く。

「しっかりせえ」

キクは首を小さく横に振った。

「もうええのんどす。父さまと母さまのもとへ参ります」切れ切れにキクは言う。

「アホなこと言うな。赤子はどないなるんや。死んだらあかん」

「もう楽になりたい……しんどいことはもう、たくさんや……」

キクの言葉はオレの心を何度も深く突き刺す。

「すまん！　みんなオレのせいや。オレが悪かったんや」

「もうよろし……どう言うたかて、もとには戻らへん……イチさんもぎょうさん苦しまはったやろ……死んだらみんな終わります……これでよかったんや……おおきになあ」

キクは目を閉じてまたぐったりとなる。

「おいキク！　キク！　逝《い》くな！　逝ったらあかん！　キク！」

オレはキクの頬を叩き、赤子ごと抱きしめた。弱々しいキクの息がオレの耳にかかる。乾いてひび割れた唇が動く。とっさに耳を近づける。

「父さま……母さま……」とかすれたかすかな声でキクは囁《ささや》く。

オレはキクの手を握りしめる。キクの手のぬくもりはだんだん失《う》せてゆき、冷たくなっていった。息遣いも消えて、赤子の乳を吸う音だけが聞こえる。オレは「なむあみだぶつ」にすがろうとするが、心が脱け落ちる。

キクは逝ってしまった。あの世で父さまと母さまに会うため、死んでしまった。キクもオレが殺めてしまった。キクの屋敷に押し込まなければ、赤子の父親に捨てられることもなかったし、キクは身売りをしないで済んだ。今頃は好いた男と一緒になっていた。オレの悪行に対する天罰か。キクが命を落とすのは、どういうことや。命まで奪うことはないやないか。あまりにもキクがかわいそうやないか。悪党のオレやヤマやクマの命を奪うのならわかるけど、キクの命まで奪《うば》うてオレを生かすとは、いったいどういうことなんや。神も仏もこの世にはおらんのか。オレの首を刎《は》ねるよりも残酷な罰やないか。

赤黒い血のついた刀子《とうす》が、手を伸ばせば届くところに転がっている。ヤマの腹を刺した刀子だった。なぜ穴ぐらの中に刀子があるのか。ヤマと取っ組み合いをしたのは穴ぐらから離れたところだった。キクがこの刀子をここまで持ってきたのか。刀子を手にし、キクは何をしようとしたのか。想像するまでもなかった。

今、この刀子で喉《のど》を突けば死ねる。もう何も思いわずらうことはないし、どんな苦しみからも逃れられる。キクのことも、飯の心配も、極悪非道で人でなしの悪党だった自分自身からも逃れられる。オレがオレでなくなることは、今の自分がいちばんそうなりたいものだった。

さっさとかたをつけようと思い、刀子を手にした。だが、できなかった。握りしめていたはずのキクの手が、オレの手を握りしめて離さない。いくつものむくろを運んできたこのオレだから、死ねば体が固くなることは知っている。だが、今のオレにとって、キクの手はただのむくろではなかった。オレの手から刀子が落ちた。

血生臭さがあふれている中で、赤子は死んだ母親の乳首を必死に吸っている。この赤子が大きくなって、母親の受けた仕打ちを知れば、オレを恨んで憎むだろう。この赤子にオレは殺されてもいいし、そうでなければならない気がした。

心が刀子から離れる。オレはオレのために死んではならなかった。どうせ死ぬのなら、誰かのために死ななければならない。この赤子を残して死ぬわけにはいかなかった。キクの握りしめて離さない手がそのことを教えてくれた。

赤子は乳を吸うのを止め、眠っている。キクの手をオレの手から外し、着物を脱いで赤子をくるんで抱き上げ、キクの隣りに寝かせた。

正座をしてキクを見つめる。汗と涙にまみれたその顔を指で拭いてやった。すべての血を出し尽くしたような、真っ白い顔をしていた。お産の時、あれだけ苦しんでいたのに、今は嘘《うそ》みたいに穏やかな顔をしている。キクの両手を取り、胸の上で指を絡《から》めて結んでやる。たかだか十四、五年しか生きてはいない、小さな手だった。

鴉がやかましく鳴いている。墓穴を掘らなくてはいけないのに掘る気にならない。クマが死んでからこっち、飯を食って寝てキクの顔を見ている時以外は、むくろを担《かつ》ぎ、墓穴を掘ってばかりだった。上人はそんな暮らしをずっと続けている。オレにはそんな暮らしはできない。限界だった。心ひそかに上人に謝った。

上人と出会ってから、オレはどこにいても、何をしていても、上人に見られているような気がした。髪とか爪《つめ》とか、オレの体の一部みたいになって、上人はオレを見つめている。でも、見られていても嫌ではなく、ありがたかった。

「なむあみだぶつ、なむあみだぶつ」

オレはキクに手を合わせ、赤子を抱き上げ、穴ぐらから外に出た。陽射しの眩《まぶ》しさに一瞬よろめく。木々の間を吹きぬけて来る風が、むき出しになったオレの肌にまつわりついて冷たい。でも、オレの胸もとは赤子の寝息であたたかい。

森の緑が洗われたように美しい。しばらく呆然《ぼうぜん》と見とれていると人の気配がした。首から小さな鉦《かね》を下げ、白装束を着て杖《つえ》をついていて、一瞬誰だかわからなかった。上人だった。

「生まれたようだな」静かに上人は言った。

「はい。おなごです」

「そうか……バアさんが心配しておったぞ」

「ババアと会《お》うたんですか」

「今朝方な」上人はオレの顔をじっと見つめていたが、「キクは？」

「キクは、死にました」

「そうか」

上人は顔色一つ変えない。上人の落ち着きにキクの死に様を思い出す。気持ちが激しく揺さぶられる。

「何でオレやないんや！」涙があふれた。「何でキクなんや……何でや……教えてください……何で悪党のオレやのうてキクが死ななあかんのですか……もう何もかもわからんようになってしもうた」

上人はかすかに目を細めただけで答えない。

「それも自分の頭で考えろと言うんですか。答えが出るまで苦しめと」オレは上人ににじり寄った。

上人は少しも動じなかった。

「キクを弔《とむろ》うてやったか」

オレは首を横に振った。

「お前が今やるべきことはキクの弔いや」

「けど、キクはもうむくろになったんです。この中におるのはキクやのうて、むくろです。死んだら何もかも終わるのに、何で弔うのか、オレにはわからん」

「そんなもんわかるも、わからんもない。むくろは弔うのや。弔うのが生きてる者のつとめや」

「キクはオレを恨んだままあの世に逝きました。屋敷に押し込んだあの晩、オレは母親だけやのうて、キクまで殺めたも同じです。そんな悪党に弔われたいはずがない。

そうやないですか？」

「ほな勝手にせえ。けどな、二度と吾《われ》の前にその面《つら》を見せるなよ。お前のような薄情な性根の奴《やつ》とは縁を切る」はねつけるように上人は言う。

赤子を抱きしめ、オレは力が脱けてその場にうずくまった。

「何で薄情なんや……何で縁を切るんや……」

「お前はキクに惚《ほ》れて、与えられて、救われた。今度はお前が与えるのや。キクが悪党だったお前に弔われたくないかどうかは吾にはわからん。お前は赦《ゆる》されることも求めてはならぬ」

「そうや！　オレは赦されるはずもない。けど、それでも赦されたいと願った自分が憎い！　憎うてしょうがない！」オレは地面を拳《こぶし》で何度も殴りつけた。

「イチよ、欲するな。与えよ。これからは与え続けるのや。罪もない人の命を奪うたお前の生きる道はそれしかない」

オレは首を横に振った。

「もう何もわからん……どないして生きていったらええのか……どうしてもわからんのです……上人さま、どうか、どうか教えてください……」

「なむあみだぶつ！」上人は地響きのような声をあげた。

その瞬間、うるさく鳴いていた鴉が怖《おそ》れをなしたかのように、大きな羽音をたてて飛び去った。オレは地面に両膝をついたまま、涙でぼやけた黒い土を見ている。上人はそばに立ってはいるが、どこかに行ってしまいそうで、こわごわと上人に目をやった。上人はオレを見ていた。オレの腕をつかみ、そっと立ち上がらせる。そして眩しそうに空を見上げた。

「イチよ。吾もそなたと同じや。何もわからぬ。わからぬから、生きてゆくのや」

その声は優しかった。優しすぎて、オレは何も言えなくなる。

上人は穴ぐらの中に入り、念仏を唱えはじめる。それは、悲しい歌のようにも聴こえて、体のずっと奥深くに沁《し》み込んでくる。空にはわずかな雲があるだけで、陽射しがあたたかかった。ときどき冷えた風が吹いて肌をなぶった。腕に赤子の重さを感じる。全身に力を込めて立っていないと支え切れない気がする。オレは念仏に支えられている。念仏の声が止み、穴ぐらから上人が出て来た。

「赤子はそなたが立派に育てるのやぞ」上人は諭すように言って、オレの抱く赤子を覗《のぞ》き込む。「子を想《おも》う親の心がお前にあれば悪党には戻れんやろう」と笑みを浮かべた。

オレには自信がなかった。オレは人殺しの悪党だ。そんな奴に子どもが育てられるのか。

「心配せんでもええ。何とでもなるわい。疱瘡《ほうそう》も痢病《りびょう》もいずれ終わるやろう。止まぬ雨なんぞないからのう」上人は赤子に笑顔を向け、オレの心を見透かしたみたいに言う。

そう言われてもこの赤子を育てる自信は湧《わ》いてこなかったが、その時、オレは思いついた。

「上人さま、ひとつ頼みがあるのですが……」

「何や」

「この赤子に名をつけてやって欲しいのです」

「名か……では、クウと名づけよか」

「クウ……上人さまの一字をいただけるのですか？」

「吾の一字ではない。この赤子はもうそなたを見ておる。ひとたび出会《でお》うた者同士は、出会うより前に縁があって知り合《お》うておってな、奇妙でも不可思議でも何でもない。いつの世でもすべての人はそういうことになっておる。それが空ということや……つまり終生、そなたとクウは離れ難いものとなるのやな。もっとも、悪縁となるか良縁となるかはお前の心がけ次第やぞ」

クウは豆のような小さな目を開いてオレを見つめている。オレもクウを見つめている。ただそれだけのことに胸が熱くなる。

「さあ、キクを弔うてやりなさい」そう言うと上人は素早く身をひるがえし、「なむあみだぶつ、なむあみだぶつ」と唱え、首から下げた小さな鉦を叩きながら去って行く。青空の下、上人の背中は眩いほどの白い光を放っている。その光が見えなくなり、鉦の音が聞こえなくなるまで見送った。クウが泣き出す。腹が空いているのだろう。ゴンジかババアのところへ行って、乳をくれる女を世話してもらおう。だがその前にキクの弔いだ。

穴ぐらに入ってキクを抱き上げようとすると、そのそばにキクの耳が落ちていた。いちだんと黒ずんで干涸《ひから》びている。オレは耳を拾い、クウの鼻先へと持っていった。クウは泣き止み、ほどなく寝入った。

オレは着物でくるんだクウを抱いて帯で結わえ、キクを背負い穴ぐらの外に出た。陽が翳《かげ》り、木々の緑がくすんで見える。オレはキクのむくろの重みを感じながら、冷たい枯れ葉を踏んで小川へと向かう。花が咲く場所に埋めてやろうと思った。

小川に着いた時、キクに髪を剃《そ》ってもらった、あの夏の日を思い出した。川縁に紅《あか》と白の花が咲き乱れて輝いていた。愛《め》でる思い出があることがありがたくて沁みる。

キクを小川の縁にそっと寝かせる。雪が舞いはじめた。澄んだ小川の流れに、小さな雪が途切れることなく降りそそぐ。

ジンの言葉を思い出す。真冬の、しんしんと雪が降り積もった夜、ジンは言った

——どれだけ雪が高く積もっても、その下には土があって、土の中には草花の種があって、春になれば必ず芽吹くのだと……。

オレはキクに手を合わせた。

「なむあみだぶつ、なむあみだぶつ」

陽が射した。雪が光っている。キクの白い顔にも雪が舞い落ちている。クウのあたたかで小さな寝息を首筋に感じながら、オレは凍《い》てついた土を掘りはじめた。

京都文学賞とは

京都市は「世界文化自由都市宣言」四十周年を契機に文学の更なる振興とともに京都の歴史と幅広い魅力の再認識、「文化都市・京都」の更なる発信につなげるため、二〇一九年四月、京都文学賞実行委員会を立ち上げ、「京都文学賞」を創設した。

第一回の応募総数は五三七作品あり、一般部門、中高生部門、海外部門の三部門に分かれて選考が進められ、二〇二〇年二月、いしいしんじ（作家）、原田マハ（作家）、校條剛（評伝作家）、大垣守弘（京都出版文化協会代表理事）、内田孝（京都新聞総合研究所所長）、北村信幸（京都市文化芸術政策監）の六名の最終選考委員に読者選考委員の代表五名を加え、計十一名で最終選考会を実施。松下隆一著『もう森へは行かない』が一般部門の最優秀賞を受賞し、単行本化に際し、『羅城門に啼く』と改題、加筆修正が施された。

〈京都文学賞〉
主催／京都文学賞実行委員会（京都市、京都新聞、一般社団法人京都出版文化協会等）
協力／京都府書店商業組合、文化庁地域文化創生本部、ＫＡＤＯＫＡＷＡ、河出書房新社、幻冬舎、講談社、集英社、新潮社、ＰＨＰ研究所、文藝春秋、朝日新聞出版、光文社、小学館、祥伝社、早川書房、双葉社、ポプラ社
後援／京都市教育委員会、大学コンソーシアム京都

解説

細谷正充

松下隆一の『羅城門《らじょうもん》に啼《な》く』は、二〇二〇年の第一回京都文学賞受賞作である（応募時タイトルは『もう森へは行かない』）。ちなみに京都文学賞の主催は、京都文学賞実行委員会（京都市、京都新聞、一般社団法人京都出版文化協会等）。京都市の「世界文化自由都市宣言」四十周年を契機に文学の更なる振興とともに京都の歴史と幅広い魅力の再認識、「文化都市・京都」の発信につなげるため、二〇一九年に設立された。一般部門、中高生部門、海外部門の三部門に分かれており、ジャンルは問わないが何らかの形で京都を題材にした小説であることが必須《ひっす》条件となっている。ここが賞の特色といえよう。

実はちょっとした縁があり、私は第一回から、この賞の下読みをしている。下読みで本作に出合い、二次選考に上げたといえれば恰好《かっこ》いいが、そこまで出来すぎた話はない。私が上げたのは、優秀賞受賞作の藤田芳康《よしやす》の『屋根の上のおばあちゃん』（応募時タイトルは『太秦《うずまさ》——恋がたき』)であった。自分の上げた物語は贔屓《ひいき》したくなるものので、藤田作品が受賞すれば嬉《うれ》しいと思っていたら、松下作品に決まり、いささか残念であった。だが、二〇二〇年十一月に新潮社から刊行された『羅城門に啼く』を読んで納得。受賞も当然の優れた作品であったのだ(もちろん『屋根の上のおばあちゃん』も、いい作品である)。選考委員の選評を見ても、

「何度読んでも圧倒される。企《たくら》んで書いたのでない。こう書くよりほかなかった」(いしいしんじ)

「平安時代といえば華やかな王朝文化に取材したくなるものだが——そしてその方がひょっとすると楽に書けるかもしれないのに——作者はあえてこの時代の暗部に切り込んでいる。その大胆さと勇気が抜きんでていた」(原田マハ)

「『もう森……』は、五作のなかで主人公が『変わっていく』過程を描くことに唯一《ゆいいつ》成功しており、それゆえ読後の感動は頭抜けていました」(校條剛《めんじょうつよし》)

と、高く評価していることが分かる。これほどの作品を生み出した作者は何者かと思って経歴を確認したら、そうとは知らずに脚本を担当している映像作品に接してい

たので驚いた。

松下隆一は、一九六四年、兵庫県に生まれ、京都の松竹撮影所内にあった「KYOTO映画塾」を卒業後、脚本家になった。第十回日本シナリオ大賞に佳作入選した「二人ノ世界」が永瀬正敏《まさとし》主演で映画化され、二〇二〇年に公開。その他の脚本に、映画「獄《ひとや》に咲く花」「母の唄《うた》がきこえる」、アニメ映画「ひまわりのように」、テレビドラマ「天才脚本家 梶原金八」「雲霧仁左衛門」など、著書に小説『二人ノ世界』などがある。

本書『羅城門に啼く』は、平安時代の京の都を舞台にした時代小説だ。といっても、宮中の華やぎや文化とは無縁である。貧困と疫病《えきびょう》に塗《まみ》れた都は、路傍に骸《むくろ》が打ち捨てられ、人心は荒廃している。物語の冒頭も荒々しい。三人の若い男が、人を殺して刀を奪うのだ。その中の一人が、主人公の〝オレ〟ことイチである。クマとヤマという仲間と共に、押し込みや強盗を繰り返している。ヤマは殺人淫楽《いんらく》症の気味があり、一方のイチは血が苦手だ。とはいえ彼も、すでに三人を殺している。

このショッキングな冒頭を経て、今までのイチの人生が綴《つづ》られる。悲田院《ひでんいん》で育った孤児で、奴婢《ぬひ》として「マムシ屋敷」の主《あるじ》に買われ、地べたを這《は》うような生活を送る。ジンという少年と仲良くなるが、母親に会いたいという彼の願いに、父母の顔も知らないイチは反発する。見張りの親方のおもちゃになっているジンに脱走しようと誘われるが、逆に彼を売ってしまうのだ。ジンは首を吊《つ》り死亡。彼の代わりにおもちゃにされることを恐れたイチは、「マムシ屋敷」を逃げ出す。そしてヤマとクマと出会い、洛外《らくがい》の森の中を切り拓《ひら》き、自分たちで作った穴ぐらを根城にして、凶行を続けているのである。

ある日、三条大路壬生《みぶ》にある油商人の屋敷に、イチたちは押し入る。ヤマが主らしい男を殺し、イチもその妻を殺した。さらにヤマは暗闇《くらやみ》の中で、若い女を斬《き》ったようだ。後になって気づいたが、ヤマに斬られた女の耳が、懐《ふところ》に入っていた。さしたる感慨もなく耳を捨てたイチだが、そこに男たちが現れ、彼とクマが捕縛される。ヤマが二人を売ったのだ。ヤマは都を追放されるだけで済んだが、二人は四条河原で処刑されることになる。だがクマに続いて処刑されようとしたところでイチは、通りかかった乞食《こじき》以下の恰好の男に救われた。その男こそ、空也上人《くうやしょうにん》である。

空也から洛中で行き倒れた骸を百人弔うよういわれたイチ。しぶしぶ弔ううちに、少しずつ心が変化していく。ところが骸だと思っていた若い女が生きており、しかもイチたちが両親と耳を奪った油商人の娘・キクだということが判明。さらに彼女は妊娠していた。キクをなんとか助けようと、イチは奔走するのだが……。

書き忘れたが、奴婢時代にイチは、片目を潰《つぶ》されている。まだ若い彼の人生は、とにかく悲惨だ。それゆえに彼は、人が当たり前に持っている心がない。だが、空也上人の謦咳《けいがい》に接し、キクと暮らすことで、人間の心を取り戻していく。それに伴い深まっていくイチの苦悩を、作者は真っすぐに描き出す。ここが本書の、力強い魅力になっているのだ。

そういえば本書は登場人物が極めて少ない。重要な人物は、十人もいないのだ。その中で、ふいに奴婢時代のイチの罪が暴《あば》かれたり、退場したと思った人物が再登場したりと、ストーリーに工夫が凝らされている。脚本家として鍛えた腕前が、小説でも遺憾なく発揮されているのだ。

また、特に注目すべき人物として、空也上人を挙げておきたい。本書に登場する唯一の実在人物である。なぜ作者は、空也上人を起用したのか。その経歴を見れば分かるだろう。

空也上人は、平安時代中期の僧である。出自ははっきりしていない。若い頃から諸国を巡り、橋・道の工事や寺院を造営した。ひたすら〝南無阿弥陀仏《なむあみだぶつ》〟を唱え、市井《しせい》の人々を救済し続けた。空也上人が創建した六波羅蜜寺《ろくはらみつじ》にある「空也上人立像」は現在でも有名だ。空也上人の口から、六人の小さな仏が出ている立像を実際に見たり、写真で知っている人も多いだろう。

そんな空也上人だから、イチを導く人物として、強い説得力を持つ。ただし、手取り足取り導くわけではない。「欲しがるのやない、与えるのやぞ。極悪非道の人でなしやったお前が救われる道はそれしかない。なむあみだぶつを唱え続けよ」などの言葉を与えながら、イチ自身が変化することを静かに待っているのである。自分で気づき、変わらなければどうにもならないのだ。ここに作者の人間観が込められている。

さらにキクとの再会が、イチの変化を後押しする。しかしそれは同時に、己の罪を見つめることである。洛外の穴ぐらで暮らすイチとキクはどうなるのか。本書の結末は甘くない。だけど、どこか救われた想《おも》いが残る。長篇としては短いが、読後感は重い。あらためていうが、第一回京都文学賞を受賞したことも納得の、優れた作品だ。

その後、作者は二〇二一年一月に『ゲンさんとソウさん』、二〇二三年二月に『俠《きゃん》』と、時代小説を刊行。ここでは現時点で最新刊となる『俠』の内容を紹介しておこう。こちらの舞台は江戸時代。主人公は、自らの死期を悟っている蕎麦屋《そばや》の老人の銀平だ。過酷な少年時代を送り、ヤクザの親分に拾われた銀平は、博奕《ばくち》の才能があることが分かり、親分の店を救ったこともある。現在は蕎麦を打ちながら、静かに死ぬ日を待っている。だが、さまざまなエピソードを経て、数年に一度開かれる〝八州博奕〟に参加することになるのだった。

ギャンブル小説としての魅力もあるが、最大の読みどころは自分の人生が〝屁《へ》〟のようなものだと思っていた銀平が、己の生を肯定する姿だろう。こちらも素晴らしい作品だ。あまりにも素晴らしいので、二〇二三年、私が選者をしている第六回細谷正充賞の受賞作の一冊（一回に五冊選んでいる）に決めた。二〇二四年には、第二十六回大藪春彦《おおやぶはるひこ》賞も受賞。これからの大きな飛躍を確信させてくれたのである。

そして、『羅城門に啼く』以降の時代小説を読んできて理解できた。作者が描きたいのは、地べたを這いずるように生きる人々だ。彼らの哀《かな》しみや苦しみに満ちた軌跡を突きつけながら、それでも生きる意味があると訴えているのだ。現代の日本では、金銭的にギリギリの状況の人や、自分の人生に意味がないと思っている人が少なくない。だから松下作品は、現代と通じ合っているのだ。

明るく楽しいエンターテインメント作品は幾らでもある。現実を想起させる重い作品から、目を逸《そ》らしたい人もいるだろう。それでも本書を読んでもらいたい。罪と罰の先にある、ほのかな光は、誰にでも与えられるべきものなのだから。

（令和六年一月、文芸評論家）

この作品は令和二年十一月新潮社より刊行された。

芥川龍之介著

羅生門・鼻

王朝の説話物語にあらわれる人間の心理に、近代的解釈を試みることによって己れのテーマを生かそうとした〝王朝もの〟第一集。

芥川龍之介著

地獄変・偸盗《ちゆうとう》

地獄変の屛風を描くため一人娘を火にかけて芸術の犠牲にし、自らは縊死する異常な天才絵師の物語「地獄変」など〝王朝もの〟第二集。

芥川龍之介著

侏儒《しゆじゆ》の言葉《ことば》・西方《さいほう》の人

著者の厭世的な精神と懐疑の表情を鮮やかに伝える「侏儒の言葉」、芥川文学の総決算ともいえる「西方の人」「続西方の人」など4編。

梓澤要著

捨ててこそ　空也

財も欲も、己さえ捨てて生きる。天皇の血筋を捨て、市井の人々のために祈った空也。波乱の生涯に仏教の核心が熱く息づく歴史小説。

梓澤要著

荒仏師　運慶

中山義秀文学賞受賞

ひたすら彫り、彫るために生きた運慶。鎌倉武士の逞しい身体から、まったく新しい時代の美を創造した天才彫刻家を描く歴史小説。

寮美千子編

空が青いから白をえらんだのです

―奈良少年刑務所詩集―

彼らは一度も耕されたことのない荒地だった。葛藤と悔恨、希望と祈り――魔法のように受刑者の心を変えた奇跡のような詩集！

青山文平著

泳ぐ者

別れて三年半。元妻は突然、元夫を刺殺した。理解に苦しむ事件が相次ぐ江戸で、若き徒目付、片岡直人が探り出した究極の動機とは。

青山文平著

半席

熟年の侍たちが起こした奇妙な事件。その裏にひそむ「真の動機」とは。もがきながら生きる男たちを描き、高く評価された武家小説。

青山文平著

春山入り

山本周五郎、藤沢周平を継ぐ正統派にして、全く新しい直木賞作家が、おのれの人生を摑もうともがき続ける侍を描く本格時代小説。

伊与原新著

月まで三キロ

新田次郎文学賞受賞

わたしもまだ、やり直せるだろうか――。ままならない人生を月や雪が温かく照らし出す。科学の知が背中を押してくれる感涙の6編。

今村翔吾著

八本目の槍

吉川英治文学新人賞受賞

直木賞作家が描く新・石田三成！　賤ケ岳七本槍だけが知っていた真の姿とは。歴史時代小説の正統を継ぐ作家による渾身の傑作。

宇能鴻一郎著

姫君を喰う話

―宇能鴻一郎傑作短編集―

官能と戦慄に満ちた物語が幕を開ける――。芥川賞史の金字塔「鯨神」、ただならぬ気配が立ちこめる表題作など至高の六編。

門井慶喜著
地中の星
―東京初の地下鉄走る―
大隈重信や渋沢栄一を口説き、知識も経験もゼロから地下鉄を開業させた、実業家早川徳次の波瀾万丈の生涯。東京、ここから始まる。

加納朋子著
カーテンコール！
閉校する私立女子大で落ちこぼれたちを救済するべく特別合宿が始まった！　不器用な女の子たちの成長に励まされる青春連作短編集。

佐藤多佳子著
明るい夜に出かけて
山本周五郎賞受賞
深夜ラジオ、コンビニバイト、人に言えないトラブル……夜の中で彷徨う若者たちの孤独と繋がりを暖かく描いた、青春小説の傑作！

城山三郎著
そうか、もう君はいないのか
作家が最後に書き遺していたもの――それは、亡き妻との夫婦の絆の物語だった。若き日の出会いからその別れまで、感涙の回想手記。

佐藤愛子著
私の遺言
北海道に山荘を建ててから始まった超常現象。霊能者との交流で霊の世界の実相を知り、懸命の浄化が始まる。著者渾身のメッセージ。

幸田文著
木
北海道から屋久島まで木々を訪ね歩く。出逢った木々の来し方行く末に思いを馳せながら、至高の名文で生命の手触りを写し取る名随筆。

倉田百三著
出家とその弟子
恋愛、性欲、宗教の相剋の問題について、親鸞とその息子善鸞、弟子の唯円の葛藤を軸に「歎異鈔」の教えを戯曲化した宗教文学の名作。

小林多喜二著
蟹工船・党生活者
すべての人権を剥奪された未組織労働者のストライキを描いて、帝国主義日本の断面を抉る「蟹工船」等、プロレタリア文学の名作2編。

国木田独歩著
武蔵野
詩情に満ちた自然観察で、武蔵野の林間の美をあまねく知らしめた不朽の名作「武蔵野」など、抒情あふれる初期の名作17編を収録。

川端康成著
少年
彼の指を、腕を、胸を、唇を愛着していた……。旧制中学の寄宿舎での「少年愛」を描き、川端文学の核に触れる知られざる名編。

坂口安吾著
堕落論
『堕落論』だけが安吾じゃない。時代をねめつけ、歴史を嗤い、言葉を疑いつつも、書かずにはいられなかった表現者の軌跡を辿る評論集。

車谷長吉著
鹽《しお》壺《つぼ》の匙《さじ》
三島由紀夫賞受賞
闇の高利貸しだった祖母、発狂した父、自殺した叔父、私小説という悪事を生きる私……。反時代的毒虫、二十余年にわたる生前の遺稿。

早見和真著　イノセント・デイズ
日本推理作家協会賞受賞

放火殺人で死刑を宣告された田中幸乃。彼女が抱え続けた、あまりにも哀しい真実――極限の孤独を描き抜いた慟哭の長篇ミステリー。

松嶋智左著　女　副　署　長

全ての署員が容疑対象！　所轄署内で警部補の刺殺体、副署長の捜査を阻む壁とは。元女性白バイ隊員の著者が警察官の矜持を描く！

松嶋智左著　女副署長　祭礼

スキャンダルの内偵、不審な転落死、捜査一課長の目、夏祭りの単独捜査。警察官の矜持を描く人気警察小説シリーズ、衝撃の完結。

前川　裕　著　号　　泣

女三人の共同生活、忌まわしい過去、不吉な訪問者の影、戦慄の贈り物。恐ろしいのに途中でやめられない、魔的な魅力に満ちた傑作。

柚木麻子著　ＢＵＴＴＥＲ

男の金と命を次々に狙い、逮捕された梶井真奈子。週刊誌記者の里佳は面会の度、彼女の言動に翻弄される。各紙絶賛の社会派長編！

横山秀夫著　ノースライト

誰にも住まれることなく放棄されたY邸。設計を担った青瀬は憑かれたようにその謎を追う。横山作品史上、最も美しいミステリ。

三島由紀夫著
仮面の告白

女を愛することのできない青年が、幼年時代からの自己の宿命を凝視しつつ述べる告白体小説。三島文学の出発点をなす代表的名作。

三島由紀夫著
花ざかりの森・憂国

十六歳の時の処女作「花ざかりの森」以来、巧みな手法と完成されたスタイルを駆使して、確固たる世界を築いてきた著者の自選短編集。

三島由紀夫著
愛の渇き

郊外の隔絶された屋敷に舅と同居する未亡人悦子。夜ごと舅の愛撫を受けながらも、園丁の若い男に惹かれる彼女が求める幸福とは？

三島由紀夫著
盗賊

死ぬべき理由もないのに、自分たちの結婚式当夜に心中した一組の男女――精緻微妙な心理のアラベスクが描き出された最初の長編。

三島由紀夫著
鏡子の家

名門の令嬢である鏡子の家に集まってくる四人の青年たちが描く生の軌跡を、朝鮮戦争直後の頽廃した時代相のなかに浮彫りにする。

三島由紀夫著
美徳のよろめき

優雅なヒロイン倉越夫人にとって、姦通とは異邦の珍しい宝石のようなものだったが……。魂は無垢で、聖女のごとき人妻の背徳の世界。

三島由紀夫著

美しい星

自分たちは他の天体から飛来した宇宙人であるという意識に目覚めた一家を中心に、核時代の人類滅亡の不安をみごとに捉えた異色作。

三島由紀夫著

宴《うたげ》のあと

政治と恋愛の葛藤を描いてプライバシー裁判でかずかずの論議を呼びながら、その芸術的価値を海外でのみ正しく評価されていた長編。

三島由紀夫著

春の雪
(豊饒の海・第一巻)

大正の貴族社会を舞台に、侯爵家の若き嫡子と美貌の伯爵家令嬢のついに結ばれることのない悲劇的な恋を、優雅絢爛たる筆に描く。

三島由紀夫著

奔馬
(豊饒の海・第二巻)

昭和の神風連を志した飯沼勲の蹶起計画は密告によって空しく潰える。彼が目指したものは幻に過ぎなかったのか？　英雄的行動小説。

三島由紀夫著

暁の寺
(豊饒の海・第三巻)

〈悲恋〉と〈自刃〉に立ち会った本多繁邦は、タイで日本人の生れ変りだと訴える幼い姫に出会う。壮麗な猥雑の世界に生の源泉を探る。

三島由紀夫著

天人五衰
(豊饒の海・第四巻)

老残の本多繁邦が出会った少年安永透。彼の脇腹には三つの黒子がはっきりと象嵌されていた。〈輪廻転生〉の本質を劇的に描いた遺作。

東川篤哉著　かがやき荘西荻探偵局

謎解きときどきぐだぐだ酒宴（男不要!!）。西荻窪のシェアハウスで暮らす金欠アラサー女子三人組の推理が心地よいミステリー。

二宮敦人著　最後の秘境　東京藝大
―天才たちのカオスな日常―

東京藝術大学――入試倍率は東大の約三倍、けれど卒業後は行方不明者多数？　謎に包まれた東京藝大の日常に迫る抱腹絶倒の探訪記。

須賀しのぶ著　紺碧の果てを見よ

海空のかなたで、ただ想った。大切な人を。戦争の正義を信じきれぬまま、自分らしく生きたいと願った若者たちの青春を描く傑作。

司馬遼太郎著　項羽と劉邦（上・中・下）

秦の始皇帝没後の動乱中国で覇を争う項羽と劉邦。天下を制する〝人望〟とは何かを、史上最高の典型によってきわめつくした歴史大作。

佐々木譲著　警官の血（上・下）

初代・清二の断ち切られた志。二代・民雄を蝕み続けた任務。そして、三代・和也が拓く新たな道。ミステリ史に輝く、大河警察小説。

宇能鴻一郎著　アルマジロの手
―宇能鴻一郎傑作短編集―

官能的、あまりに官能的な……。異様な危うさを孕む表題作をはじめ「月と鮟鱇男」「魔楽」など甘美で哀しい人間の姿を描く七編。

羅城門《らじょうもん》に啼《な》く

新潮文庫　ま－66－1

令和六年四月一日発行

著者　松《まつ》下《した》隆《りゅう》一《いち》

発行者　佐藤隆信

発行所　株式会社新潮社

郵便番号　一六二―八七一一
東京都新宿区矢来町七一
電話　編集部(〇三)三二六六―五四四〇
　　　読者係(〇三)三二六六―五一一一
https://www.shinchosha.co.jp

価格はカバーに表示してあります。

乱丁・落丁本は、ご面倒ですが小社読者係宛ご送付ください。送料小社負担にてお取替えいたします。

印刷・株式会社光邦　製本・株式会社大進堂

ISBN978-4-10-104991-5 C0193